Veneda Mühlenbrink
Connys Reise

Veneda Mühlenbrink

Connys Reise

Roman

ULRIKE HELMER VERLAG

Die Deutsche Bibliothek – CIP-Einheitsaufnahme

Ein Titelsatz für diese Publikation ist bei der Deutschen Bibliothek erhältlich
A catalogue record für this publication is available from Die Deutsche Bibliothek

Druck und Bindung: Niederland Verlagsservice,
Königstein/Taunus
Printed in Germany

ISBN 3-89741-074-5

Email: ulrike.helmer.verlag@t-online.de
www.ulrike-helmer-verlag.de

Dieses Buch widme ich meiner Großmutter Tilly.

Mein besonderer Dank gilt meiner Familie, meinen Freundinnen und Freunden für ihren Beistand und die ›lesefreudige‹ Unterstützung.

1

Ich hasste Sonntage. Besonders wenn die Sonne schien und meine Eltern mit mir spazieren gingen. Das Mittagessen konnte ich nicht mehr genießen, denn gleich darauf wurde ich von meiner Mutter angezogen. Mit immer gleicher Sorgfalt legte sie meine Kleidungsstükke zurecht. Das weiße Blüschen mit Spitzenrüschen, dazu der Trägerfaltenrock in modischem Schottenmuster, eine weiße Wollstrumpfhose, die unerträglich kratzte, und zu guter Letzt die schwarzen Lackschühchen. Ich stand da, die Arme abgespreizt und O-beinig, als hätte ich mir in die Hose gemacht. Die Sachen kribbelten und juckten und ich war den Tränen nahe. Wie konnte mir meine Mutter das antun? Immer wieder zupfte ich an mir herum. Unter der Woche durfte ich zum Spielen meine rote Lederhose mit Flicken auf den Knien tragen, nur sonntags nicht. Aber das Schlimmste kam ja noch. Ich musste in diesem Aufzug auf die Straße. Kaum dass ich drei Meter gegangen war, rief unser Nachbar von gegenüber.

»Na, Cornelia, heute hat dich die Mutti aber wieder fein gemacht. Bist ja doch kein Junge!«

Dieser nach Zigarre stinkende Fettwanst! Ich fand ihn unheimlich. Insgeheim wünschte ich ihm ein Holzbein, wie es der alte Seemann in der *Schatzinsel* hat. Der Spaziergang war für mich jedesmal ein Spießrutenlauf, wie er nicht demütigender sein konnte. Den Kopf gesenkt, die Stirn in Fältchen, niemand sollte sehen, wie sehr ich litt. Wir bogen von der Hauptstraße auf den Feldweg ab, vorbei am Haus von Guidos Eltern. Jedes Mal stand er am Zaun, fühlte sich sicher hinter den hohen Latten. Mein bester Kumpel von Montag bis Samstag. Ganz besonders gemeine Sprüche kamen, wenn seine Cousins zu Besuch waren.

»Cornelia muss ein Röckchen tragen, la, la, la, la, la, la! Ist ja nur ein Mädchen, la, la, la, la, la, la, la, la!«

Guido war eigentlich stärker als ich, aber er wusste, welche Kraft ich entwickelte, wenn ich wütend wurde. Dieses Mal war das Maß voll. Ich rannte hinüber zur Pforte, ohne dass Guido noch Zeit hatte, den Riegel herunterzudrücken. Meine Mutter schrie, doch ich hörte nicht. Selbst mein Vater holte mich nicht mehr ein. Brüllend stürzte ich mich auf den Jungen, der mit aufgerissenen Augen und starr vor Angst den ersten Faustschlag empfing. Er hielt die Hände schützend vor den Kopf, ich stieß ihn zu Boden. Beim Hinfallen riss die blöde Strumpfhose über dem linken Knie. Der Träger des Rockes hing herab und behinderte meinen Arm, als ich noch einmal ausholte. Warum wehrte er sich nicht? Wir prügelten uns doch sonst auch.

»Jetzt reicht es aber!«

Ich spürte den harten Griff meines Vaters im Genick. Rasend vor Wut strampelte ich mit den Beinen und fuchtelte mit den Fäusten in der Luft.

»Du ärgerst mich nicht mehr, du nicht!« Mein Kopf glühte vor Anstrengung.

»Sei still, Conny!« Mama verpasste mir einen Klaps. Wofür war der jetzt? Papa entschuldigte sich bei Guido und half ihm auf die Beine. Doch ich hörte, was er dem verstörten Jungen zuflüsterte: »Das geschieht dir recht, mein Lieber.«

Die letzten Tränen wischte ich glücklich aus meinem

verschmutzten Gesicht. Stolz sah ich zu den ängstlich dreinblickenden Cousins hinüber. Sie wichen zurück.

»Jetzt komm aber!« Resolut nahm Mama mich an die Hand und zerrte mich davon. Wie sehr wünschte sie sich ein Mädchen, das sich auch als solches benahm!

Damals saß Oma vor Weihnachten immer tagelang in ihrer Küche, um für meine Puppen, die im Regal verstaubten, neue Kleider zu stricken. »Schön«, sagte ich brav unter dem Weihnachtsbaum und die Püppchen fristeten ihr Dasein ein weiteres Jahr unberührt im Regal, dafür aber mit schicken Sachen. Das Holzfort mit Cowboys und Indianern begeisterte mich viel mehr.

Mit fünf Jahren fielen meine goldblonden Locken der Schere zum Opfer; mein lautstarkes Geschrei beim Durchkämmen der Haare trieb meine Mutter zwar nicht in den Wahnsinn, wohl aber zum Frisiersalon. Danach sah ich in meiner Manchesterhose aus wie ein Junge. Zumindest behaupteten das einige Leute im Dorf. Es störte mich kein bisschen. Mama sah das anders. Sie entschied, mir Ohrringe zu verpassen. Soweit ich mich erinnern kann, wurde ich nicht nach meiner Meinung gefragt. Der einzige aus der Familie, der dagegen protestierte, war Opa. Aber zu spät, da waren die albernen Dinger schon drin. Verhindert hätte auch er es nicht, denn wenn meine Mutter sich etwas in den Kopf gesetzt hatte, war es schwer sie davon abzubringen. Ich fand den Schmuck grauenvoll. Zu meiner Freude entzündeten sich die Ohrläppchen, sie eiterten richtig. Mama blieb nichts anderes übrig, als die kleinen Kreolen wieder rauszunehmen. Enttäuscht verstaute sie sie in einem Schmuckkästchen. Die Hoffnung gab sie trotz der Rückschläge nie auf.

Am Tag meiner Einschulung sagte sie zu mir: »Jetzt beginnt der Ernst des Lebens.« Was sollte sich für mich denn ändern? Ich durfte nicht mehr schnullern! Nachdem ich mich geweigert hatte, meine beiden Schnuller herzugeben, drohten meine Eltern, diese Überbleibsel aus Babytagen an den Schulranzen zu hängen. Wütend und mit Tränen in den Augen warf ich meine treuen Begleiter in den Mülleimer. Der erste schwere Schritt in meinem Leben. Was sollte mich jetzt in der Dunkelheit, die vor meinem Bett Schattenmonster fabrizierte, beruhigen und in den Schlaf wiegen? So wurde mir zum ersten Mal klar, dass es Regeln gibt, an die sich jeder halten musste. Egal ob es einem damit gut ging oder nicht. Wer hat bloß gesagt, dass Schluss ist mit Schnullern, wenn man in die Schule kommt? Wer hat gesagt, dass Jungs mit Autos spielen und Mädchen mit Puppen? Wenn ich groß bin, tue ich, was ich will. In der Schule fing ich an, dafür zu üben. Nebenbei versuchte ich mich in Rechnen und Schreiben, doch das Spielen kam bei mir an erster Stelle.

Meine Mutter führte einen kleinen Gemischtwarenladen in unserem Haus. Er lag am Ende des Flures gleich neben der Küche. Früher hatte meine Oma hinter dem Tresen gestanden und noch früher meine Urgroßmutter. Hier gab es Speck und Musikalien, sprich Lebensmittel und was ein jeder sonst noch brauchte. Eines Tages würde ich hinter der Kasse stehen. Ich fühlte mich bereits mit neun Jahren als Verkaufsgenie. Das neueste Spielzeug, ich besaß es meist vor den anderen Kindern. Der Renner in jenem Sommer zu Beginn der vierten Klasse war ein geriffeltes Plastikrohr. Kein Kind unserer Klasse hatte je davon gehört, bis zu meinem Auftritt in der Pause. Ich stand in meiner roten Lederhose mitten auf dem Schulhof, schwang kraftvoll das Rohr über dem Kopf und ließ einen langgezogenen Heulton über den Hof gellen. Sofort war ich von anderen Kindern umringt. Mit aufgerissenen Augen starrten sie auf den Plastikschlauch in meiner Hand.

»Mach noch mal!«

Guido stemmte seine Arme in die Seite und verfolgte das Geschehen mit prüfendem Blick. Er lächelte mir bewundernd zu. Mein Vater hätte das gar nicht gern gesehen. Mit diesem Rotzlöffel, wie Paps zu sagen pflegte, sollte seine kleine Tochter nicht spielen.

»Willst du's versuchen?«

Ich drückte Guido den neongrünen Schlauch in die Hand. Grinsend riss er das Teil hoch und schleuderte es durch die Luft. Er konnte es noch nicht so gut wie ich, aber ich würde es ihm beibringen. Von den anderen, die es versuchen wollten, nahm ich zehn Pfennig. Guido stand neben mir und sammelte das Geld ein. Eine Lehrerin, die Aufsicht führte, bemerkte nichts von meinem ertragreichen Geschäft. Alle Kinder mussten schwören nichts zu verraten, aber die kleine Streberin Kerstin, der Liebling der Lehrerinnen, konnte ihre Klappe nicht halten. Am Ende der Stunde musste ich im Klassenzimmer bleiben und das Geld rausrücken. Doch damit nicht genug, nachmittags durfte ich zwei Stunden nachsitzen. Als ich den Klassenraum betrat, saß Guido an einem der Tische, die schwarzen Haare zerzaust und mit aufgeschlagenen Knien. Ohne Prügel in der Pause ging er nie nach Hause und daheim gab's dann noch eine Tracht, wegen des kaputten Hemdes.

»Hat sie dich auch geschnappt?«

Glaubte er etwa, dass ich ihn verpfiffen hätte?

»Ja, beim Abschreiben der Hausarbeit, heute morgen.« Wenigstens nicht meine Schuld. Ob es auch Tage gab, an denen er nichts anstellte?

»Unsere kleine Prinzessin hat mich verraten, diese Mistkuh!«

Ich ballte meine Fäuste in den Hosentaschen und hoffte auf seine moralische Unterstützung, doch er winkte ab.

»Vergiss es, die will doch immer nur die Beste sein.«

»Ja, und deswegen verdient sie eine Tracht Prügel.«

»Dann besuch sie nach der Schule, sie wohnt nicht weit von hier.«

»Worauf du dich verlassen kannst, die soll mich kennen lernen!«

»Jetzt beruhig dich, hier haste Knete. Lass uns eine Weidenpfeife basteln, Conny.«

Nach dem Absitzen der Strafstunden konnte mich Guido nicht davon abbringen, der alten Petze Kerstin einen Besuch abzustatten. Vom Haus sah ich erstmal gar nichts. Nur hohe Tannen hinter einem braungestrichenen Zaun. Der Weg führte über rote Steinplatten, vorbei an einem winzigen Springbrunnen. Blumen gab es hier nicht. Mama hätte das gar nicht gefallen, sie liebt es, wenn im Garten alles blüht. Das wenige andere Grün, das von den mächtigen Tannen geduldet wurde, kümmerte vor sich hin. Auf der dritten Stufe sah ich ein Stück Mauer, ein weißer Bungalow. Ohne lange zu überlegen, klingelte ich.

Das musste die Mutter sein, so eine wunderschöne Frau! Mit offenem Mund starrte ich die elegante Dame an, die mir öffnete. Ich druckste herum, ohne ein Wort herauszubekommen. Sie musste ja denken, ich sei blöd.

»Du möchtest sicherlich mit Kerstin spielen, nicht

wahr? Es freut mich, dass sie endlich eine Freundin gefunden hat. Komm herein!«

Ich nickte nur. Sollte ich jetzt noch ihre Tochter verprügeln? Die nette Frau ließ mich im Flur stehen und schaute nach Kerstin.

»Du hast Besuch!«

Überrascht trat Kerstin aus ihrem Zimmer und blieb erschrocken stehen, als sie mich sah. Hilfesuchend richtete sie den Blick auf ihre Mutter, doch die verschwand in der Küche.

»Was willst du?«

Blaue Augen schauten mich ängstlich an. Plötzlich tat sie mir leid, sie hatte niemanden zum Spielen und ich war nur gekommen, um ihr eine Backpfeife zu verpassen.

»Äh, ich wollte mal sehen, wo du wohnst.«

Ich reckte meinen Kopf in alle Richtungen. Im Flur hingen schöne Bilder und auf einem Bild war viermal die gleiche Frau, nur in verschiedenen Farben.

»Zeigst du mir dein Zimmer?«

Skeptisch wegen meiner Freundlichkeit öffnete sie zaghaft die Tür zu ihrem Reich. Na, das hätte ich mir denken können, überall Puppen. In der einen Ecke ein Puppenwagen und in der anderen eine Puppenstube. Die Tapete erschlug mich fast mit ihren kleinen blauen Bären.

»Du magst wohl Puppen, was?«

Missbilligend hob ich den Rock eines hässlichen Porzellanmädchens.

»Nö, aber meine Eltern schenken mir nichts anderes.« Ein verschmitztes Lächeln flog über ihre Lippen.

»Es tut mir leid, dass ich dich verpetzt habe, aber alle Kinder standen herum und bewunderten dich für dein irres neues Spielzeug.«

Da blieb mir glatt die Spucke weg.

»Du hast also Schiss und weißt ganz genau, warum ich gekommen bin.«

»Ja! Verzeihst du mir?«

Beschämt guckte sie zu Boden. Da konnte ich ihr gar nicht mehr böse sein. Sie sah zauberhaft aus, wie sie so dastand. Mir fiel zum ersten Mal auf, dass sie das süßeste Mädchen an unserer Schule war. Blonde Locken – sie schrie bestimmt nicht, wenn ihr die Haare gekämmt wurden. Als die Tür aufging, zuckte ich erschrocken zusammen. Ihre Mutter schaute herein.

»Möchtet ihr eine Limo?« Sie stellte ein Tablett auf den Tisch. »Was spielt ihr denn Schönes?«

»Mutter und Kind. Stör jetzt nicht, Mutti!«

»Bin schon weg.«

Und eine Sekunde später war sie wieder draußen.

»Mutter und Kind?« Ich zog eine Grimasse.

»Nein, das hab ich nur so gesagt, dann fragt sie wenigstens nicht nach. Wir spielen Tarzan und Jane. Du bist Tarzan und musst mich retten. Wenn du das schaffst, darfst du mich küssen.«

»Was, ich soll dich küssen?«

Wie aufregend, im Fernsehen hatte ich das schon öfter gesehen. Hielt ich sie doch bisher für eine langweilige, brave, puppenspielende Ziege, und jetzt das. So kann man sich irren.

Kerstin war die geborene Schauspielerin und ging in der Rolle der Jane auf. Wenn sie spielte, veränderte sich ihre Stimme. Sie litt Qualen, wenn sie von Eingeborenen verschleppt wurde, und liebte ihren Helden Tarzan von Herzen. Einmal stürzte sie von der Schaukel und schlug sich das Knie auf. Erschrocken rannte ich zu ihr und drückte sie ganz fest an mich. Ich hatte wahnsinnige Angst. Wenn sich die Jungs beim Spielen weh taten, war das nie so.

»Tut es sehr weh?«

Die Wunde blutete, und für mich war das Spiel zu Ende, nicht aber für Kerstin. Mit schmerzverzerrtem Gesicht berührte sie meinen Arm.

»Tarzan, ich muss sterben!«

Obwohl wir nur spielten, spürte ich plötzlich einen Stich in meiner Brust. Ich zitterte vor Aufregung, vor Furcht, einen Menschen, den ich liebte, zu verlieren. Tränen liefen über mein Gesicht.

»Du darfst nicht sterben, Kerstin.«

»Jane!« Sie stieß mit der Faust gegen meine Brust. »Und außerdem heult Tarzan nicht!«

So schlecht ging es ihr wohl doch nicht. Schnell wischte ich die Tränen weg und versuchte sie zu tragen, doch sie zog mich zu sich herunter.

»Küss mich.«

Hui, meine Schläfen pochten, mein Puls raste. Was war das denn? So ein Gefühl verspürte ich sonst nur beim Räuber-und-Gendarm-Spiel, wenn sie mich suchten und nahe an meinem Versteck standen. Nein, das hier war anders. Ich kniff die Augen zusammen und berührte ihre Lippen mit meinen. Dieses Kribbeln im Bauch, wie zwei Tüten Brausepulver auf einmal. Ein tolles Gefühl. Ich wollte sie gleich wieder küssen.

»Press die Lippen nicht so zusammen!«

»Du küsst wohl nicht zum ersten Mal, wie?«

»Wieso, du etwa?«

Jetzt bloß nicht rot werden.

»Nö, klar, schon oft!«

Mein Lieblingsspiel wurde Tarzan und Jane. Kerstin und ich schworen uns, es niemandem zu erzählen.

2

Die Klassenbeste und der kleine Wildfang. Auf dem Pausenhof gingen wir aneinander vorbei, als würden wir uns gegenseitig grüne Haare wünschen. Ab und zu streckte ich ihr auch mal die Zunge raus. Schließlich hatte ich einen Ruf zu verlieren. Wie sollte ich Guido erklären, dass ich mit dieser Petze spielte. Obwohl ich anfangs Zweifel hegte, dass sie dicht hielt, bewies sie mir ihre Verschwiegenheit ab dem Tage, an dem ich sie das erste Mal besucht hatte. Meine Mutter fragte zwar ständig, wo ich hinfuhr, doch mit der Erklärung »Zu einer Freundin« gab sie sich vorerst zufrieden. Sie war ja schon selig, wenn ich nur mit einem Mädchen spielte. Eines Tages fragte mich Kerstin, ob ich bei ihr übernachten könnte, ihre Eltern wären einverstanden.

»Und wie soll ich das zu Hause erklären?«

»Sag deiner Mutter einfach, wo du bist. Wir haben den ganzen Abend für uns alleine. Papa und Mutti kommen erst spät in der Nacht wieder.«

»Ich weiß nicht.«

Ich spielte mit ihrer Ungeduld. Es machte mir Spaß, sie zappeln zu lassen. In Gedanken malte ich mir bereits aus, wie lustig es sein würde.

»Bitte, Conny, lass mich nicht allein schlafen!«

Sie neigte den Kopf zur Seite, zog die Augenbrauen hoch und schaute mich flehend an.

»Bitte!«

Jetzt stampfte sie mit dem Fuß auf den Boden.

»Ist ja schon gut. Wenn ich meiner Mutter sage, dass du meine Freundin bist, hat sie bestimmt nichts dagegen.«

Natürlich willigte sie ein, mehr noch, sie zeigte sich begeistert. Denn Kerstin kam aus gutem Hause, lernte fleißig in der Schule und war die ideale Besetzung einer Spielgefährtin für ihre Tochter. Nicht wie diese Bengels aus der Nachbarschaft und der Rüpel Guido. Sie hoffte wohl, Kerstin würde vielleicht einen positiven Einfluss auf mich ausüben. Eines Tages könnte sie mir einen Rock anziehen, ohne dass ich das ganze Haus zusammenbrüllte. Wenn Mama wüsste ... Die Sonntage, an denen ich in Kleid und Lackschuhen auf die Straße musste, gehörten Gott sei dank der Vergangenheit an. Ich wollte bei meiner Mutter keine nostalgischen Träume aufkommen lassen, also sagte ich ihr, dass Kerstin zu Hause auch nur Hosen trüge. Übrig blieb für sie die Hoffnung auf bessere Schulnoten.

Am Samstagabend packte ich den Schlafanzug, die Zahnbürste und eine große Tüte Salzstangen in meinen roten Rucksack. Das erste Mal, dass ich ohne meine Eltern woanders schlief!

»Benimm dich!«

Eindringlich ermahnte mich Mama, keinen Unsinn zu machen.

»Kerstins Mutter mag mich. Sie freut sich immer, wenn ich zum Spielen komme.«

Mit festem Blick begegnete ich ihren dunklen Augen, in denen selbst dann noch ein Schimmer von Wärme lag, wenn sie mit mir böse war.

»Ich möchte keine Klagen hören.« Sie nahm mein Gesicht in ihre weichen Hände und der Geruch ihrer Handcreme kribbelte in meiner Nase.

Paps brachte mich mit dem Auto zu Kerstin, sprach noch kurz mit ihrer Mutter und verabschiedete sich von mir mit einem Kuss auf die Wange. Kurz darauf griffen Kerstins Eltern eilig ihre Mäntel und verließen winkend das Haus.

»Seid lieb und guckt nicht so lange Fernsehen. Die Telefonnummer liegt auf dem Tisch.«

Kreischend sprangen wir in die Luft, klatschten in die Hände und hüpften in Kerstins Zimmer lachend aufs Bett.

»Hier schläfst du heute, ganz dicht neben mir.«

Sie klopfte bestimmend auf die Decke.

»Wollen wir fernsehen?«

Ich war im Begriff aufzustehen und den Apparat auf ihrem Schreibtisch anzustellen.

»Nein«, sie hielt mich am Arm fest, »wir spielen Mann und Frau, wie meine Eltern.«

Sie rückte zu mir herüber und flüsterte mir ins Ohr. »Ich hab sie gesehen.«

»Was hast du gesehen?«

Ich flüsterte ebenfalls, obwohl uns niemand hören konnte.

»Gestern Nacht. Ich konnte nicht schlafen und wollte in die Küche, weil ich Durst hatte. Da kamen so komische Geräusche aus dem Schlafzimmer, und ich habe ganz leise die Tür aufgemacht.«

»Ja und?«

Sehr spannend klang das nicht.

»Sie lagen aufeinander, völlig nackt, haben sich hin und her bewegt. Papa hat ihre Arme festgehalten und Mama hat gestöhnt. So, als ob ihr was weh tut.«

»Dann bekommst du bald ein Brüderchen oder 'ne Schwester.«

»Geht das so?«

Ich fühlte mich unglaublich schlau. Sie hatte wirklich keine Ahnung.

»Die haben Liebe gemacht, und wenn die Erwachsenen so rumliegen, dann kommt ein Baby. Das dauert aber noch.«

Interessiert folgte Kerstin meinen Ausführungen.

»Dann spielen wir das jetzt auch.«

Fest entschlossen begann sie sich sofort auszuziehen. Noch ehe ich mich versah, geschweige denn etwas sagen konnte, stand sie auch schon nackt vor mir.

»Das geht gar nicht. Ich habe nämlich keinen Pillermann, den haben nur Jungs.«

Ich verschränkte die Arme vor meiner Brust und guckte wissend.

»Ich bin ja nicht doof, das weiß ich. Wir tun nur so. Los, zieh dich aus.«

Schamesröte stieg mir ins Gesicht. Ausziehen? Wenn ich jetzt kneife, denkt sie bestimmt, ich bin feige. Also zog ich mich aus und krabbelte zu ihr unter die Decke. Jetzt wussten wir beide nicht mehr, was wir tun sollten. Ich faltete meine Hände und betrachtete Kerstin.

»Bin ich die Schönste in unserer Klasse?«

»Du wirst bestimmt mal so schön wie deine Mama, aber du hast noch keine Tittis, die kommen erst noch.«

Kichernd hielt ich mir die Hand vor den Mund.

»Wie lange muss ich denn noch warten?«

Sie konnte einem Löcher in den Bauch fragen.

»Du weißt gar nix. In zwei Jahren vielleicht, dann geht's los.«

»Dann bin ich zwölf und fast erwachsen.«

»Klar und dann hast du einen Freund. Der küsst dich dann.«

Wieso eigentlich? Ich küsste bestimmt viel besser.

»Ich werde keine Jungs küssen, nur dich. Wir werden immer zusammen sein.«

Sie rollte sich an meine Seite und legte den Arm um meinen Hals. Ihre Worte erleichterten mich.

»Jungs sind doof und tun mir weh, aber du, Conny, bist lieb.«

Ihr Kuss bedeckte meine Lippen. Ich fühlte mich so geborgen in ihren Armen. Sie war so warm und weich und ihre Haare dufteten nach Apfelshampoo. Wir müssen irgendwann eingeschlafen sein, denn keine von uns hörte, dass die Haustür aufgeschlossen wurde. Erst als ich Stimmen auf dem Flur wahrnahm, schreckte ich hoch. Wenn ihre Eltern jetzt ins Zimmer kämen und uns hier nackt liegen sähen, was dann? Das Herz schlug mir im Hals. Ich zog die Decke bis unter meine Nasenspitze.

»Kerstin!«

Au weia, jetzt flogen wir auf.

»Sei still, ich bin wach. Meine Mutter guckt nur kurz rein. Sie macht kein Licht an. Tu so, als wenn du schläfst.«

Zitternd nahm ich ihre Hand, drückte sie ganz fest und hielt den Atem an. Ein dunkler Kopf lugte durch die geöffnete Tür.

»Sie schlafen selig«, sagte ihre Mutter und schon war die Tür wieder zu.

»Puh, das war knapp.«

Eilig sprang Kerstin auf Zehenspitzen aus dem Bett und holte meinen Schlafanzug und ihren Baby-Doll.

»Schnell, zieh dich an.«

»Was ist das denn?«

Ich zeigte amüsiert auf ihr Nachtgewand.

»Mädchen tragen so was, aber davon hast du keine Ahnung.«

Das war aufregender als jedes andere Spiel. Wir beschlossen es demnächst wieder zu tun.

Am Frühstückstisch grinsten wir uns ständig an, schnitten Grimassen und hüteten unser nächtliches Geheimnis.

»Na, was freut ihr euch denn so?«

Mütter konnten schrecklich nerven.

»Nur so.«

Kerstin stocherte in der Butter herum und sah mich verschwörerisch an. Mit einer Handbewegung deutete ich riesige Brüste an, als ihre Mutter sich zum Herd drehte. Im nächsten Moment verschluckte sich Kerstin so sehr an ihrem Caro-Kaffee, dass sie ihn in hohem Bogen über den Küchentisch spuckte. Die braune Brühe spritzte über die Butter, die Marmelade und meinen Toast. Erschrocken ließ ich das Messer fallen. Die Mutter wandte sich um und klopfte Kerstin, die verzweifelt nach Luft rang, auf den Rücken. Als sie sich zu ihr herunterbeugte, konnte ich in ihre Bluse sehen. Ich starrte wie hypnotisiert auf die vom BH nur halb bedeckten Brüste. Kerstin erhaschte trotz Erstickungsgefahr meinen Blick und wusste sofort, wo ich hinguckte. Ärgerlich schlug sie mit der flachen Hand auf den Tisch. Ihre blauen Augen blitzten hasserfüllt und ihr Gesicht war puterrot.

»Ist gut, Mutti.«

Wütend hob sie den Arm und gab mir ein Zeichen, die Küche zu verlassen. Draußen im Flur schob sie sich schnell an mir vorbei und trat mit dem Fuß die Tür zu ihrem Zimmer auf.

»Deine Laune möchte ich haben!«

Genervt setzte ich mich aufs Bett. Ihre Gefühlsausbrüche erinnerten mich manchmal an einen Lava speienden Vulkan.

»Du sollst meiner Mutter nicht dahin gucken!«

Sie stieß mit dem Finger gegen ihre Brust. Ihre Stimme war nur ein Zischen, fast tonlos. Niemand außer mir sollte sie hören.

»Hab ich nicht.«

Und selbst wenn, wollte sie mir das verbieten?

»Du sollst nur mich ansehen. Ich bin deine Freundin.« Verzweifelt wischte sie die aufsteigenden Tränen weg. Warum regte sie sich denn nur so auf? Ich spielte gerne mit ihr, aber meine Kumpel aus der Nachbarschaft beschwerten sich bereits. Sie wollte nie mitkommen. Stets sollte ich mit ihr alleine spielen. Anfangs fand ich das toll, aber langsam begann es mich zu nerven. Ich fühlte mich zunehmend von ihr eingeengt. Manchmal schloss sie die Haustür ab, wenn ich gehen wollte. Außerdem ging es mir gegen den Strich, das alles nur nach ihrer Nase tanzen sollte.

»Ich geh jetzt!«

Vielleicht wäre es das Beste, mich für eine Weile aus dem Staub zu machen. Kaum dass ich es gesagt hatte, sprang sie auf und umklammerte mich.

»Nein, nein, du darfst nicht gehen!«

Sie schluchzte laut auf, warf sich auf den Boden und hielt meine Beine fest.

»Hör auf zu heulen, ich muss nach Hause.«

Ich konnte nicht verstehen, was in sie gefahren war.

»Lass mich los!«

Abrupt löste sie sich von mir, erhob sich und sah mich mit finsterer Miene an.

»Dann sind wir keine Freundinnen mehr.«

Es klang eigenartig, wie sie es sagte, aber ich nahm sie nicht ernst. Die würde sich schon wieder beruhigen.

»Bis dann!«

Ich verließ das Haus, ohne zu wissen, dass es das letzte Mal sein würde, denn Kerstin machte ihre Drohung wahr.

Am nächsten Tag wollte ich mit ihr reden. Die Gelegenheit ergab sich in der großen Pause. Ich sah sie am anderen Ende des Schulhofes und ging entschlossen auf sie zu. Kaum dass sie es bemerkte, hakte sie sich bei einem Mädchen aus unserer Klasse ein. Fand ich das albern und zickig!

»Hast du mal kurz Zeit?«

»Weißt du, Melanie, komm doch heute zu mir nach Hause.«

Sie zog ihre neue Freundin mit sich fort und ließ mich stehen wie einen Volltrottel. Guido hatte uns aus der Ferne beobachtet und sprach mich nach der Schule darauf an.

»Was wolltest du denn von der?«

Unsicher fummelte ich an meinem Fahrrad herum und suchte nach einer Ausrede.

»Ach, nichts weiter, sie hat nur blöd über Jungs mit Zahnspangen geredet. Da hab ich ihr mit Kloppe gedroht.«

»Na, die soll mir bloß nicht im Dunkeln begegnen«, lispelte er.

Das Schuljahr neigte sich dem Ende zu und nach den Sommerferien sollte ich an eine andere Schule wechseln. Am Tag der Zeugnisvergabe wollte ich ein letztes Mal mit Kerstin reden, und wenn ich mich nur von ihr verabschieden würde. Ihre Eltern schickten sie für die nächsten Jahre auf ein Internat in den Harz. Alles, was ich mit meinem Fahrrad nicht erreichen konnte, war für mich schlicht aus der Welt. Auch wenn sie mich in den vergangenen Monaten nicht mehr beachtet hatte, war sie doch immerhin noch da gewesen.

Auf dem Nachhauseweg fing ich sie in der Feldmark ab. Fast musste ich ihr ins Fahrrad fahren, um sie zum Stehenbleiben zu bewegen.

»Verdammt, willst du mich umfahren?«

Ich hielt ihren Lenker fest.

»Wenn es sein muss!«

Sie tat, als schaue sie durch mich hindurch. »Lass mich los!«

»Schreibst du mir?«

»Nein!«

»Warum können wir keine Freundinnen mehr sein?«

»Geh zu deinem Guido!«

Der blanke Hass lag in jedem Wort, das über ihre Lippen kam. Ich erschrak, so kannte ich sie gar nicht.

»Lässt du mich jetzt weiterfahren?«

Meine Finger ballten sich zu Fäusten und ich schlug gegen die Fahrradklingel. Hölle, tat das weh.

»Dann hau doch ab, du Zicke!«

Ohne sich noch einmal umzudrehen, fuhr sie davon. Trotzig stampfte ich mit dem Fuß auf die Erde. Ich wusste mich nicht zu wehren gegen das, was plötzlich mit mir passierte. Meine Augen wurden feucht. Wieso fing ich denn jetzt an zu heulen? Tränen kullerten über meine Wangen, ich fiel auf die Knie und rupfte in unbändiger Wut das Gras vom Wegesrand. Wie sollte ich je erfahren, was ich falsch gemacht hatte? Für sie existierte ich nicht mehr. Ein wilder Schmerz bohrte in meiner Brust, ich konnte ihn nicht deuten. Sie will mich nicht mehr sehen! Ich wußte noch nicht, was Liebe war und warum etwas weh tat, ohne dass man sich gestoßen hatte. Schluchzend schwang ich mich auf mein Fahrrad und trat mit aller Wucht in die Pedale. Immer wieder schlug ich auf den Lenker und schrie meinen Kummer heraus.

Es dauerte lange, bis ich das Gefühl hatte, dass mein Schmerz nachließ.

3

Guido und ich gingen zusammen auf die neue Schule und ich beschloss, nie wieder eine Freundschaft mit einem Mädchen einzugehen. Es funktionierte so lange, bis Guido wegen unüberbrückbarer Verständigungsprobleme mit dem Mathelehrer von der Schule flog. Zu Beginn des nächsten Schuljahres setzte mir unsere Klassenlehrerin die Neue an den Tisch. Selbstbewusst, die Hände in den Hosentaschen, erklärte Beatrice Langenmeyer uns, dass sie aus der Nähe von Kassel käme und ihr Vater beruflich hierher versetzt worden sei. Bevor sie neben mir Platz nahm, musterte sie mich von der Seite.

»Ist was?«

Die Worte meiner Lehrerin hatte ich zur Kenntnis genommen.

»Kümmere dich ein bisschen um sie und zeig ihr alles!« Ich spielte doch hier nicht das Kindermädchen …

»Du siehst aus wie ein Junge.«

Was bildete diese blöde Kuh sich ein? Quatschte mich dumm von der Seite an.

»Das musst du gerade sagen.« Trotzig drehte ich mich von ihr weg und versuchte dem Unterricht zu folgen. Na, die konnte mich doch mal!

Später auf dem Schulhof sah ich sie allein auf der Mauer sitzen und ging drohend auf sie zu. »Du hast wohl'n Rad ab!« Breitbeinig und mit verschränkten

Armen stand ich vor ihr. Unbeeindruckt von meiner finsteren Miene biss sie in ihr Pausenbrot.

»Wieso, stimmt doch. Du trägst keinen Rock, oder ist das heute dein Hosentag? Und dein Gang ist auch nicht der von 'nem Mädchen. Ich hab da kein Problem mit.«

Grinsend zog sie mit den Zähnen die Salami vom Brot. Sie war anmaßend, auch wenn sie recht hatte.

»So wie du aussiehst, hast du auch nicht mit Puppen gespielt.«

Mein Blick wanderte an ihr herunter. Jeansjacke mit Status Quo-Aufnäher, weißes T-Shirt, Jeanshose und Turnschuhe. Ihre blonden Haare waren fast so kurz wie meine.

»Fährst du auch ein Bonanza-Rad?«

Überlegen schaute sie von der Mauer auf mich herunter. Diese Zicke hatte bei mir schon verloren.

»Ich war die erste bei uns im Ort, die eins hatte.«

»Schön für dich, hier bist du nicht die erste, außerdem, wer kennt schon Kassel. Wo liegt das überhaupt – auf diesem Planeten?«

»Erdkunde ist wohl weniger dein Ding?« Sie ließ sich nichts gefallen, kein Spruch von mir machte sie sprachlos, sondern animierte sie noch, einen draufzusetzen. Es gefiel mir, obwohl mich dieses verbale Kräftemessen zur Weißglut brachte.

»Du bist sicher eine Sportskanone bei deiner Klappe, oder?«

Sie sprang von der Mauer, stemmte die Arme in die Seiten und trat dicht an mich heran.

»Willst du's mir zeigen?«

»Donnerstag haben wir Zirkeltraining. Die bessere von uns kriegt ein Eis ausgegeben.«

»Abgemacht!«

Sie reichte mir die Hand und ich schlug ein, sicher, dass mein Körper mich nicht im Stich lassen würde. Kein Mädchen hatte mich bisher geschlagen und die Jungs respektierten meine sportlichen Leistungen ehrfürchtig.

Der Parcours erstreckte sich über die gesamte Turnhalle. Matten, Kisten, Seile und Geräte galt es aufzubauen. In Abständen von zwei Minuten rannten wir unter dem Druck der Stoppuhr los. Bea auf Platz sechs und ich auf Platz acht. Die Trillerpfeife schrillte in meinen Ohren. Ohne Probleme sprang ich über den ersten Bock, umkreiste die Medizinbälle, hangelte mich an einem Tau bis zur Decke hoch, drehte einen Salto auf dem Trampolin und schaffte das Seilspringen ohne Fehler. Schweißperlen rannen mir von der Stirn und das Blut pulsierte mir in den Adern. Mein kämpferischer Ehrgeiz trieb mich zum Übermut. Den letzten Bock schätzte ich in seiner Höhe falsch ein. Ich verlor das Gleichgewicht, rutschte mit der linken Hand vom Leder und versuchte mich mit der rechten beim Aufprall auf der Matte abzustützen. Mein Aufschrei ging durch die Halle und ich krümmte mich vor Schmerzen, hielt meine Hand. Bea sprang als erste von den Bänken auf, ihr folgte unsere Sportlehrerin. Sekunden später standen sie alle um mich herum. Ein Mädchen schrie, als sie mein Handgelenk sah.

»Das ist gebrochen!«

»Ruft einen Krankenwagen!«

Bea, durch die Anstrengung des Trainings noch ganz rot im Gesicht, versuchte mich auf die Beine zu bringen. Ich legte meinen Arm um ihre Schultern.

»Wie viele Minuten?«

»Was ist los?«

»Wie viele Minuten hast du gebraucht?«

Sie lächelte mich an und schüttelte den Kopf. »Wenn das dein einziges Problem ist: 5,48 Minuten ohne Fehler.«

»Meine Bestzeit ist 5,52 ohne Fehler, du hast gewonnen.«

Ich verlor das Bewusstsein.

Als ich die Augen wieder aufschlug, saß meine Mutter am Bett. Nichts beruhigte mich mehr als die Berührungen ihrer Hände. Die Angst stand ihr noch ins Gesicht geschrieben. Sie hatten mich tatsächlich eingeliefert. Der rechte Arm schwer wie Blei. Eine Gipsschiene.

»Na, Kleine, wieder zu übermütig gewesen? Deine Freundin Bea hat mich angerufen und erzählt, was passiert ist. Sie kommt dich morgen besuchen.«

»Meine Freundin Bea?«

»Nett, die Kleine, und so höflich. Ganz anders als dieser Guido.«

Mama, du hast ja gar keine Ahnung. Die ist wie ich und noch viel schlimmer. Bea kam am nächsten Tag und brachte mir ein Eis. Wäre ich nicht gestürzt, hätte ich sie geschlagen, so meinte sie.

Der Beginn einer Freundschaft, wie sie enger nicht sein konnte. Wir trugen die gleichen neue Hemden und dazu die passenden Windjacken. Die anderen Mädchen in der Klasse sahen uns als Außenseiterinnen. Mit uns lief man nicht eingehakt über den Schulhof oder probierte in der Toilette den Lippenstift der Mutter aus. Bea und ich mit unserem blonden Kurzhaarschnitt gehörten weder zu den Jungs noch zu den Mädchen. Uns doch egal! Gemeinsam waren wir stark und schufen unsere eigene kleine Welt. Wir bauten mein Hauszelt im Garten auf und verbrachten die Sommerferien unter freiem Himmel, stellten für nachts um drei den Wecker und guckten Mohammed Ali gegen George Foreman auf dem kleinen tragbaren Fernseher. An kälteren Tagen hockten wir im Partykeller von Beas Eltern und hörten stundenlang Musik. Nebenbei nahmen wir Kassetten auf und spielten mit der Carrera-Autorennbahn. Ich erzählte Bea von Kerstin, wie sehr ich gelitten hatte und dass ich nicht verstand, wieso sie nichts mehr mit mir zu tun haben wollte. Bea konnte es nachvollziehen, meinen Schmerz darüber teilen. Ihre Freundin hieß Astrid. Endlich konnte ich über meine Gefühle reden. Bisher glaubte ich, die einzige zu sein, deren Gedanken und Emotionen die Gesetzmäßigkeiten der Welt in Frage stellten. Bea und ich diskutierten Tage und Nächte, wie wir es anders machen könnten, doch die Spielregeln waren vorgegeben. Die Pubertät veränderte unser bisheriges Leben einschneidend. Plötzlich mussten wir uns mit den Problemen der anderen Mädchen auseinandersetzen. Die Frage, wie man einen Tampon benutzte, schlug tatsächlich eine Brücke zu Uta und Gabi und all den übrigen jungen Frauen. Es gefiel uns von Tag zu Tag mehr, dazu zu gehören. Trotzdem plädierten wir dafür, dass Mädchen am Werkunterricht teilnehmen durften und die Jungs den Kreuzstich lernen sollten. Ein Meilenstein in unserer Schulgeschichte.

Wenn die Jungs nicht gerade mit Sackgreifen beschäftigt waren, gafften sie Bea und den anderen frühreifen Mädchen auf die Brüste. Bea litt sehr darunter und sie war der Ansicht, zu zweit würden wir es leichter ertragen. An meinem dreizehnten Geburtstag schenkte sie mir einen Liter Frischmilch und die sollte ich dann jeden Tag trinken.

»Du wirst sehen, wie die wachsen!«

Obwohl ich eigentlich ganz zufrieden war, versuchte

ich es ihr zuliebe. Fehlanzeige! Sie hatte erheblich mehr als ich und dabei blieb es auch. Ein furchtbares Alter. Mit unseren Problemen fühlten wir uns von den Erwachsenen allein gelassen. Gott sei Dank gab es die Bravo. Dr. Sommer und Dr. Korff lieferten uns die Antworten. Einmal fragte Bea mich nach der neuesten Ausgabe.

»Kennst du schon den Titel der Aufklärungsserie?«

Natürlich, ich hatte ihn längst gelesen.

»Nö, worum geht's?«

Sie drehte sich nach allen Seiten um, bevor sie ganz dicht an mich herantrat und in mein Ohr flüsterte.

»Um lesbische Liebe!«

Ihre Augen leuchteten, als ob sie den Heiligen Gral gefunden hätte.

»Das ist es doch, Conny!«

»Was?« Ich wollte das Thema plötzlich totschweigen, obwohl mich der Artikel den ganzen Tag über beschäftigte.

»Kannst du dir das vorstellen?«

Ich erinnerte mich an die letzte Schulparty, als Jörg versucht hatte, mir einen Zungenkuss zu geben, während *Sailing* aus den Boxen dröhnte. Ich war auf der Stelle seekrank. Es ekelte mich an und ich musste an Kerstin denken. Ich deklarierte es als Spiel, denn wir waren Kinder.

»Ich kann doch jetzt kein Mädchen mehr küssen!«

Bea stand vor mir und biss in einen Apfel. »Ich mein ja auch nicht die Zicken aus unserer Klasse.«

»Mit gar keiner, Bea, das ist nicht normal.«

Eingeschnappt versenkte Bea ihre Hände in den Hosentaschen. Sie sah mich an, als hätte ich unsere Freundschaft verraten. Konnte sie nicht einsehen, dass wir mit einer solchen Einstellung wieder zu Außenseiterinnen abgestempelt wurden?

»Bitte, Bea, in spätestens zwei Jahren haben wir beide einen Freund.«

»Du vielleicht.«

»Du auch.«

Die Pausenglocke läutete und wir redeten lange Zeit nicht mehr über leidenschaftliche Gefühle für eine Frau.

Der Flohmarktverkauf von Erinnerungsstücken aus meiner Kindheit rentierte sich. Cowboys und Indianer, eine Ritterburg, unzählige Superman-Comics brachten das nötige Geld für die erste Rate einer alten frisierten knallroten Garelli-Bonanza. Die zweite Rate verdiente ich mir als Aushilfe im Laden meiner Mutter. Und dann ging es los, das kleinste und schnellste Mofa im ganzen Dorf war meines. Ausgerechnet ich fuhr das erste in meiner Clique. Bea verpflichtete sich bei ihren Eltern zu lebenslangem Rasenmähen und Autowaschen, damit sie ihre Zündap 3-Gang-Handschaltung bekam. Gemeinsam heizten wir durch die Gegend und fühlten uns unglaublich frei und unabhängig. Unser Selbstbewusstsein wuchs und Bea fand es klasse, wenn sie nach den Schulpartys die hübschen Mädchen nach Hause bringen durfte. Bei ihrem Fahrstil mussten sie sich zwangsläufig an ihr festhalten.

In jener Zeit verliebte ich mich zum ersten Mal in einen Jungen. Wir hatten uns im Konfirmandenunterricht kennen gelernt und blieben darüber hinaus Freunde. Als Bea in den Sommerferien bei ihrer Tante in München wohnte, unternahmen Gabriel und ich viel zusammen. Er nahm mir Kassetten auf, reparierte mein Mofa und träumte mit mir vom Erwachsensein.

Ich musste immer zu ihm aufsehen, weil er mich mindestens um eineinhalb Köpfe überragte. Obwohl ihm seine dunkelbraunen Locken noch ein jungenhaftes Aussehen verliehen, klang seine Stimme schon recht männlich. Ich ertappte mich dabei, dass unsere Treffen eine innere Unruhe bei mir auslöste, wie ich sie damals nur bei Kerstin gespürt hatte. Er begegnete mir sehr verständnisvoll, kein Thema, das ihn nicht interessierte.

Im Kino sahen wir uns den Film *Kleine Biester* an, und Angel erlebte auf Zelluloid, was für mich so authentisch wirkte wie mein eigenes Leben. Die starke Verbundenheit zu Ferris, die erste Liebe zu einem Jungen und die Angst vor dem ersten Mal. Der Gedanke daran verursachte in mir ein Gefühl, als müsste ich von einem Zehnmeterturm springen, ohne zu wissen, ob unten Wasser drin ist. Gegen Ende des Filmes berührte Gabriel meine Hand. Es war die Stelle, als Angel mit Randy im Bootshaus schlief und danach reichlich enttäuscht war. Ich schluckte, zuckte aber nicht zurück. Es war ganz angenehm, auch als er mich später vor der Haustür meiner Eltern auf den Mund küsste. Das reichte fürs Erste. Ich fühlte mich einfach noch zu jung und sah keinen Reiz darin, mit fünfzehn Jahren meine Unschuld zu verlieren.

Der Sommer ging und ich hielt es nicht für nötig, die Schule über das erforderliche Maß hinaus ernst zu nehmen. Für Arbeiten zu lernen erschien mir reine Zeitverschwendung, viel lieber entdeckte ich die Reaktionen meines Körpers, wenn Gabriel mich berührte, küsste und stetig einen Schritt weiter ging. Meine Eltern registrierten das Resultat in Form von ungenügenden Zensuren und gingen in ihrer Erziehung auch einen Schritt weiter. Der Schritt lautete Hausarrest und Besuchsverbot für den jungen Mann, der das Abgangszeugnis ihrer Tochter negativ zu beeinflussen drohte. In einem Gespräch unter vier Augen zeigte mir mein Vater auf, was es bedeutete, den erweiterten Abschluss nicht zu schaffen und nach der Schule als Verkäuferin hinter der Wursttheke arbeiten zu müssen. Die Eindringlichkeit seiner drastischen Darstellungen zeigte Wirkung. Ich trennte mich von Gabriel, ohne zu erklären warum. Meine Liebe zu ihm war nicht stark genug, den Hindernissen zu trotzen, denen ich mich in der Familie ausgesetzt fühlte. Er ging aus meinem Leben in eine andere Stadt.

Bea hatte ich die ganze Zeit sträflich vernachlässigt. Sie empfand Gabriel als einen Störfaktor in unserer Freundschaft und zog sich zurück. Ich begriff nichts, bis sie mir Felizitas vorstellte und meine Eifersucht Purzelbäume schlug. Ausgerechnet die Klassenbeste, unser Lehrerliebling, ruderte mit den Armen auf Beas Mofa herum. Mit ihren roten Haaren wirkte sie wie ein Feuervogel. Sie liebte die Bay City Rollers und, wie es schien, meine Freundin Bea. Irgend etwas hatte ich nicht mitbekommen. Diese Kuh hatte für Bea einen Stellenwert, den ich nicht nachvollziehen konnte. Bea zu verlieren, wollte ich keinesfalls hinnehmen. Da ich in der Schule nicht mit ihr reden konnte, weil uns ein rothaariger Schatten verfolgte, fuhr ich eines Abends zu ihr nach Hause. Sie war überrascht mich zu sehen, begrüßte mich distanziert.

Wir gingen die Treppe zu ihrem Zimmer hinauf. Was die Poster an den Wänden betraf, konnten wir nicht unterschiedlicher sein. Sie stand mehr auf die harten Typen wie Kiss, Status Quo oder Sweet. Das war so gar nicht mein Ding. Ich zog ABBA und Barbra

Streisand vor. Immer noch besser als die Bay City Rollers. Wie konnte sie nur!

»Ich glaube, es ist an der Zeit, dass wir miteinander reden. Natürlich nur, wenn dir unsere Freundschaft noch etwas bedeutet.«

Ich liebte das Dramatische.

»Das musst ausgerechnet du sagen.«

Ihr Blick war kühl und stechend wie die Metallspitze eines Eispickels.

»Ich weiß, ich habe dich vernachlässigt, aber ich war eben verliebt. Neben Freundschaft gibt es halt noch was anderes. Das kann man sicherlich verbinden, aber für mich war das alles neu. Sei nicht sauer, ich habe draus gelernt.«

»Und jetzt?«

Sie machte es mir wirklich nicht leicht.

»Du bist ein verdammter Sturkopf! Jetzt vertragen wir uns wieder.«

»Du redest nur von dir. Hast du dich vielleicht mal gefragt, wie es mir geht?«

Ihr standen plötzlich Tränen in den Augen. Niemand aus der Klasse würde mir glauben, dass Bea so zart besaitet war. Ich fand, sie übertrieb.

»Mein Gott, ich verstehe dich nicht. Das ist so, wenn man einen Freund hat.«

»Gut, dann habe ich eben jetzt eine Freundin. So einfach ist das.«

»Was soll denn das, ist wohl kaum das Gleiche!«

»Doch«, sie machte eine kurze Pause, »es ist das Gleiche.«

In ihrem Gesicht spannte sich jeder Muskel. Nicht dass mir die Vorstellungskraft fehlte, ich zeigte bereits mit fünfzehn reges Interesse am Bücherschrank meiner Eltern. Neben Romanen wie *Vom Winde verweht* und

Anna Karenina, die mir meine Mutter wärmstens ans Herz legte, griff ich auch zu dem »Trivialisten« Willi Heinrich. Kaum eine Erzählung ohne lesbische Liebe in der Haupt- oder Nebenhandlung. Es reizte mich unglaublich, darüber zu lesen, mir auszumalen, die Heldin zu verführen oder von ihr begehrt zu werden. Doch in der Wirklichkeit gab es Spielregeln und da sich Bea nicht daran hielt, wurde es für mich zu einem Problem.

»Hör zu, Bea, wenn du mich brauchst, bin ich für dich da, aber das ist mir zu hoch.« Wir waren doch keine Kinder mehr.

»Kapier doch endlich, was ich dir sagen will.«

»Erzähl mir nicht, dass du dich in sie verliebt hast.«

Sie konnte ihre Tränen nicht mehr zurückhalten und nickte nur. Diese Person hing wie eine Klette an Bea. Die Art, wie sie sie ansah, die zufälligen Berührungen. Ich wollte es einfach nicht wahrhaben. Für Bea waren diese Gefühle ebenso fremd, und mit niemandem sonst hätte sie darüber reden können. Das war kein Tarzan-und-Jane-Spiel, und es machte mir Angst.

»Hör zu, Bea, ich pack das nicht so leicht, gib mir Zeit, o.k.?«

Mit diesen Worten stand ich auf und ging. Unsere Wege trennten sich nicht wirklich, sie liefen nur parallel nebeneinander her. Ich begann nach der zehnten Klasse eine Ausbildung als Bankkauffrau, denn mit Bea und Felizitas wollte ich nicht das Abitur bestreiten. Für mich erschien es unmöglich, zu akzeptieren, dass diese Beziehung das Gleiche sein sollte wie zwischen Frau und Mann. Jede in unserem Alter hatte einen Freund und keine Freundin, jedenfalls nicht so eine.

Während der Vorbereitungen zu den Abi-Klausuren

lernte Bea fast täglich mit Felicitas. Ich verbrachte meine Seminare in der Nähe von Köln und steckte im Stress der Abschlussprüfung. An den Wochenenden zu Hause blies mir ein trüber Wind ins Gesicht. Bea, mit Felizitas beschäftigt, hatte keine Zeit und der Rest meiner Clique? Da war kein Rest. Auf einmal war niemand mehr übrig. Freunde fand ich unter meinen Kolleginnen und Kollegen, eine zusammengewürfelte Gruppe aus ganz Deutschland. Bea und ich schrieben uns zwischendurch Briefe, eher Banales als wirklich Wichtiges. Nur der letzte Brief während der Prüfungstage ließ mich stutzig werden. Sie wollte mich am nächsten Wochenende unbedingt sprechen, es sei etwas passiert, aber das könnte sie mir nur persönlich sagen.

Als ich kurz nach meiner Rückkehr zu ihr fuhr, leistete uns Felizitas Gesellschaft. Sie saß mir misstrauisch gegenüber und musterte mich wie eine Gouvernante die schlechte Schülerin. Sie erinnerte mich an Rose, die Haushälterin aus *Das Haus am Eton Place*. Hinter dieser spröden Fassade steckte etwas Abgründiges. Die graublauen Augen passten nicht zu den roten Haaren. Ihre schmalen, geschmeidigen Hände spielten mit einer Zigarette, die sie nicht anzündete. Sie wartete darauf, sie Bea geben zu können. Zwischen den beiden lag eine Verbundenheit, wie ich sie zu Bea niemals hätte aufbauen können. Jeder Blick, jede Geste wurde interpretiert, wirkte verletzend oder auch erregend. Zwei Augenpaare, die eine Geschichte erzählten, deren Inhalt mir verborgen blieb. Heftige Emotionen, die sich in der Berührung einer Fingerspitze entluden. Vor meinen Augen alle Anzeichen einer Leidenschaft, die mich neidisch werden ließ. Bea erklärte mir, dass sie Felizitas nicht mehr besuchen dürfte. Der Grund dafür war schnell erzählt. Gemeinsam hatten sie auf der Couch gelegen, als plötzlich die Mutter wie eine Furie ins Zimmer platzte. Hatte sie doch durchs Schlüsselloch gesehen! Felicitas fing sich eine heftige Ohrfeige und Bea wurde des Hauses verwiesen als die Person, die unschuldige Töchter zu verderben drohte. Fortan sollte ich mich offiziell mit Felizitas treffen. Da ich Bea auf keinen Fall verlieren wollte, stimmte ich diesem idiotischen Vorschlag zu. Ein Nein hätte unsere angeschlagene Freundschaft endgültig zerstört. Um die Sache glaubhaft zu machen, besuchte ich sie auf meiner Garrelli und verstand mich blendend mit ihrer Mutter. Jedes Mal, wenn sie in Hörweite war, erzählte ich lautstark von meiner verflossenen Liebe Gabriel. Das beruhigte sie und wiegte sie in der Gewissheit, ihre Tochter gut aufgehoben zu sehen. Aus unserer gegenseitigen Abneigung entstand eine Form von schüchterner Sympathie. Felicitas sah mich nicht länger als Nebenbuhlerin und was meine Freundschaft zu Bea anbetraf, war Feli keine Konkurrenz. Unsere Treffen nahmen zu, und ich gewann langsam ihr Vertrauen. Sie sprach über ihre Gefühle zu Bea wie über die zu einem Mann, den sie haltlos liebte. Ihre Lippen bebten bei dem Gedanken, Bea zu verlieren, und Tränen liefen über Sommersprossen, wenn meine Freundin sie nicht sehen wollte. Doch im Gegenzug entfaltete sie ihre Kratzbürstigkeit und raubte Bea mit ihren Launen den letzten Nerv. Dieses Spiel mit Gefühlen stieß bei mir auf Unverständnis, was mir von beiden Seiten den Vorwurf unsensiblen Verhaltens einbrachte. Ich bemühte mich zu verstehen, doch es gelang mir nicht annähernd. Ihre wahren Gefühle versteckten die beiden auf dem Grund ihrer Seelen.

Irgendwann fiel mir auf, wie sehr ich mich auf die

Treffen mit Feli freute. In ihrer Nähe zu sein, versetzte mich in eine gewisse Aufregung. Wären wir Kinder, hätte ich ihren Helden spielen und sie von ihren Qualen befreien können. Doch am Ende wäre Bea ihr Prinz. Conny, du spinnst mal wieder. Gelangweilt stöberte ich in Felis Plattensammlung.

»Du hörst auch noch andere Musik als die Bay City Rollers?« Überrascht zog ich ein Label aus dem Regal.

»Ja, stell dir vor, Barry Manilow!«

Ihre provokante Art reizte mich, sie zu ärgern, sie aus der Reserve zu locken. Je impulsiver sie reagierte, umso mehr empfand sie für mich. Ich wollte ihre wachsende Zuneigung mir gegenüber spüren, sie sichtbar machen.

»Kennst du die West Side Story?«

Diese zart blauen Augen sprühten vor Begeisterung und gewannen an Farbe, wenn sie mich ansahen.

»Ich liebe dieses Musical.«

»Klasse, nächste Woche bei mir. Ich habe die Platte.«

Bea saß desinteressiert auf meinem Bett und blätterte in einer Illustrierten. Es fehlte ihr an Begeisterung für diese Art von Musik und ihre immer stärker werdende Ablehnung gegen Feli machte mich ratlos. Die Arme litt entsetzlich unter Beas Missachtung. Wie oft tröstete ich Felizitas bei langen abendlichen Waldspaziergängen! Auch wenn sich das Wild zu Tode erschreckte, sang ich nur für sie das Lied *Maria* aus der *West Side Story*: *The most beautyful girl I ever met, I kissed the girl named Maria.* Gestenreich nahm ich sie in den Arm. Sie roch so gut nach Musk Body Lotion mit einem Hauch von Pfefferminze. Ständig kaute sie Kaugummi.

»Liebst du Bea noch?«

Ich musste es wissen, denn ich war dabei, mich in sie zu verknallen. Es überfiel mich eine Sehnsucht, wie ich sie als Kind nur nach Kerstin verspürt hatte. Selbst bei Gabriel, den ich zu lieben glaubte, empfand ich dieses starke Verlangen nicht. Es machte mir nichts aus, abends nach Hause zu gehen. Bei Feli schlief ich vor lauter Müdigkeit auf dem Sofa ein, nur um nicht nach Hause zu müssen. Ich wollte sie berühren, ihren Nacken streicheln.

»Ich weiß nicht. Ja, eigentlich schon noch, aber es wird so kompliziert. Es gibt Tage, da will sie mich nicht sehen. Dann ignoriert sie mich und das tut mir so verdammt weh. Und wenn ich auf stur schalte, dann lässt sie mich nicht los.«

Nie würde ich Gefühle in ihr bewegen wie die, die sie Bea entgegenbrachte. So sehr ich mich auch mit allerlei Aufmerksamkeiten in ihr Herz stehlen wollte, sie liebte eine andere Frau.

»Spielt sie mit dir?«

Fiel ich meiner Freundin gerade in den Rücken?

»Manchmal frage ich mich das auch. Sie redet so selten über ihre Gefühle.«

»Sie ist weich wie Butter auf der Heizung, nur weiß das keiner, außer mir vielleicht. Wahrscheinlich kann sie mit der ganzen Situation genauso schlecht umgehen wie du.« Kleinlaut fügte ich hinzu: »Oder ich.«

Wir haben nie das Wort lesbisch gebraucht, dieses Katalogisieren von Gefühlen gegenüber einem anderen Menschen existierte für uns nicht.

4

Die Beziehung zwischen Feli und Bea endete schlagartig. Während des Abi-Balls ließ sich Feli vom Schönling der Schule umgarnen. In der Hoffnung, Bea eifersüchtig zu machen, gab sie sich in aller Öffentlichkeit seinen peinlichen Annäherungsversuchen hin. Bea vergnügte sich indessen an der Bar und schenkte Feli keinerlei Beachtung. Es endete schließlich damit, dass Feli, wie ich später erfuhr, sich von dem Kerl im nahegelegenen Park verführen ließ. Sie brach den Kontakt zu Bea und mir ab. Damit beendete sie den »Ausflug auf Abwege«, wie sie mir später auf einer Postkarte aus Italien mitteilte. Ich dachte damals, das Thema Frauen hätte sich für Bea erledigt, doch nur zwei Monate später ging sie mit einer Studentin aus ihrem Kurs ins Bett. In diesen Tagen eröffnete sie mir, dass es für sie keinen anderen Weg gäbe und ich hörte ihr endlich interessiert und ernsthaft zu.

Wir saßen in ihrer kleinen Bude im Studentinnenwohnheim auf dem Teppich und sie rauchte vor lauter Nervosität eine nach der anderen. Billiger Aldi-Sangria aus Plastikbechern, untermalt von Neuer Deutscher Welle. Nena krächzte aus den Boxen und Bea hatte neunundneunzig Luftballons im Bauch. Warum mußte gerade ich ihre Gesprächspartnerin sein? Was hatte das alles mit mir zu tun? Ihre Erzählungen über diese Frau bebilderte sie gestenreich und gab meinen

Phantasien neue Nahrung. Es nützte nichts, ich musste mich damit abfinden, dass meine beste Freundin lesbisch war.

»Aber warum hast du Feli zum Schluss so ablehnend behandelt?«

»Ich wusste, dass sie sich niemals für mich entscheiden würde.«

»Du hast sie dazu getrieben, mit dir Schluss zu machen.«

»Nein, ich habe es ihr leichter gemacht. Ich hätte unsere Beziehung nicht beenden können, dazu habe ich sie zu sehr geliebt.«

Der letzte Schluck Sangria rann ihre Kehle hinunter und ihre Lippen bebten. Die Träne wischte sie aus ihren Augen, noch bevor sie sich formte. Ich fühlte mich sicher, diesen Weg musste sie ohne mich gehen. Ich wollte meine Erfahrungen mit Männern machen, musste endlich wissen, wie es war. Ich griff mir sozusagen den Erstbesten. Er sah gut aus. Mehr Vorzüge hatte er nicht vorzuweisen. Zwei Wochen nachdem ich ihn in einer Disko kennen gelernt hatte, ging ich mit ihm ins Bett. Die Bedeutung des Wortes Enttäuschung erlangte für mich eine neue Dimension. In Filmen erträumte ich mir die Liebe, die Realität sah anders aus. Glanz in den Augen, Kribbeln im Bauch, alles Quatsch. Es tat höllisch weh, und auch die Male danach fühlte ich mich hinterher wie benutzt. Nach vier Wochen servierte ich ihn ab. Er meinte, ich sei gefühlskalt.

Dank Beas Überredungskünsten und meiner Neugier besuchten wir an einem Freitagabend die einzige Frauenkneipe der Stadt. Es hatte sich als äußerst schwierig erwiesen, herauszufinden, wo dieses mysteriöse Lokal zu finden war. Irgendwo in der Nähe der Lutherkirche, hatte es geheißen, zweite Straße links, an einem Platz in der Nordstadt. Zum vierten Mal fuhren wir um den Block.

»Hier muss es doch sein.«

Bea beugte sich genervt über das Lenkrad und klebte mit der Nase fast an der Scheibe.

»Da drüben vielleicht?«

Ich zeigte auf eine Kneipe, deren Fenster verdunkelt waren.

»Das ist es, ganz sicher.«

Sie stieg abrupt in die Bremse und manövrierte den Wagen in eine Parklücke. Er stand halb auf dem Bordstein. Einparken war noch nie ihre Stärke. Misstrauisch näherten wir uns dem Eingang. Die Tür verschlossen und eine Klingel an der Wand.

»Und jetzt?«

»Klingeln, Conny!«

»Wieso, du willst doch da rein.«

»Wir können ja erstmal eine rauchen.«

»Wie sieht das denn aus, stell dir vor, es kommt jemand raus.«

Unentschlossen wechselten wir die Straßenseite. Schauten herüber und hofften, dass eventuell eine Frau herauskam. Nichts tat sich.

»Also, was jetzt?«

Ich drängte Bea, eine Entscheidung zu treffen.

»Wir gehen!«

»Na, wenn du meinst.«

Sie klingelte, die Tür wurde geöffnet.

»Guten Abend, die Damen!«

Eine erschreckend stämmige Frau begrüßte uns. Blinzelnd traten wir ins grell erleuchtete Innere des Lokals. Wir waren richtig, an der Bar und an den Tischen kein einziger Mann. Zaghaft rückten wir die Barhocker zurecht und bestellten zwei Cola.

»Ach du Scheiße!«

Bea stieß mich mit dem Ellenbogen an.

»Was ist denn? Eine, die wir kennen?«

»Guck mal da.«

Ein kleiner Monitor hinter dem Tresen zeigte den Eingangsbereich von der Straße aus.

»Auch das noch.«

Die Barkeeperin grinste uns kaugummikauend an und lud ihr halbes Dekolleté vor uns aus.

»Ihr seid nicht die Ersten, denen das passiert.«

Wir lächelten gequält und sparten uns eine Erklärung. Nur langsam nahm mein Gesicht wieder seine natürliche Tönung an. Bea hingegen checkte bereits eine nach der anderen ab.

»Da hinten in der Ecke steht eine vom Handball, dachte ich es mir doch.«

»Na klasse, kennst du noch mehr hier?«

Ich konnte mich nicht entspannen. Gleich klopft mir eine aus der Sparkasse auf die Schulter.

»Bea, sieh dir nur die Frauen an, das sind halbe Kerle. Nicht eine dabei, die eine gewisse Weiblichkeit ausstrahlt.« In meinen Phantasien trugen die Frauen immer lange Haare und Kleider mit verführerischen Dekolletés.

»Stehst du auf Dauerwelle und Lipgloss?«

»Du weißt ganz genau, was ich meine.«

»Bin ich vielleicht die Weiblichkeit in Person, oder du? Kurze Haare, große Klappe, um bei deinen Vorurteilen zu bleiben. Dich könnten sie auch für eine halten.«

»Sag mal, spinnst du? Nur weil ich kurze Haare trage, bin ich noch längst keine Lesbe.«

»Es ist dein Wesen, die Art, wie du stehst.«

»Blödsinn, ich lass mir doch von dir nichts einreden.«

»Warum können wir nicht einfach hier sitzen, unsere Cola trinken und quatschen?«

»Ich fühle mich in dieser Gesellschaft nicht wohl. Die Frau, die mir gefällt, gibt es nur in meiner Phantasie.«

Wahrscheinlich um mich abzulenken, erzählte Bea mir von der Nacht mit ihrer neuen Eroberung und ich musste mir eingestehen, dass mich jede Einzelheit brennend interessierte. Äußerlich ließ mich ihre Beschreibung völlig kalt.

»Du hast keine Vergleichsmöglichkeit. Mit einem Mann ist es vielleicht auch ganz nett«, entgegnete ich ihr mit gleichgültiger Miene.

»Hast du denn eine Vergleichsmöglichkeit?«

Musste sie immer das letzte Wort haben? Das war schon früher in der Schule so.

»Bea, ich hege keine Absicht in deine Richtung.«

»Geht mir genauso. Mich beflügeln allerdings auch keine Phantasien über Männer.«

»Wir sollten das Thema wechseln und vor allem das Etablissement.«

»Nicht dass dich noch eine anmacht!«

Ich hätte ihr eine reinhauen können.

»Wieso lässt du mich nicht einfach in Ruhe?«

Das war etwas laut, umstehende Frauen blickten zu uns herüber. Bloß raus hier. Solche Abende mit Bea raubten mir regelmäßig den letzten Nerv. Ich musste endlich einen Mann kennen lernen und das nicht nur für eine Nacht.

Er hieß Wolfgang und ich lernte ihn auf einem dieser Sparkassenseminare kennen. In der Pause träumte ich mich vom Thema Baufinanzierung weg und rührte meinen Cappuccino so lange, bis nichts als ein schlichter Milchkaffee übrig blieb. Diese Wangenknochen, die markant hervortraten, wenn er sich konzentrierte. Ob er sich wohl nass rasierte? Mit Zeigefinger und Daumen rückte er seine Designer-Brille zurecht, braunes Gestell, passend zur Augenfarbe. Mein Brustkorb hob und senkte sich bei der Begutachtung seines Hinterns in der dunklen Flanellhose.

»Darf ich mich setzen?«

»Ja klar!«

Ich verschluckte mich fast an der braunen Plörre.

»Interessantes Thema.«

»Geht so.«

Er machte eigentlich nicht den Eindruck eines langweiligen Bankers.

»Wir wollen nachher noch mit einigen Leuten essen gehen. Hast du Lust mitzukommen?«

Ich schaute mir seine gepflegten Fingernägel an, selten bei einem Mann. Überhaupt hatte er schöne Hände.

»Warum nicht.«

Meine einsilbigen Antworten konnten ihn theoretisch nur in die Flucht schlagen, aber er blieb sitzen.

»Das nächste Seminar ist in Berlin, sehen wir uns dort auch?«

»Nein, Aktien sind nicht mein Ressort.«

Sein selbstbewusstes Auftreten lockte mich aus der Reserve.

»Gut, dann aber nachher.«

Er stand auf und wechselte zu einem Kollegen hinüber.

Das Gros der Leute fand es wohl schick, eine neu eröffnete Sushi-Bar anzusteuern. Ausgerechnet Sushi.

Bisher hatte ich es immer vermieden, rohen Fisch zu probieren. Jetzt musste ich, wenn ich den Abend in Wolfgangs Nähe verbringen wollte. Er überließ es nicht dem Zufall, wer neben mir saß. Max, sein Freund und Kollege, rutschte einen Stuhl weiter und schon saß ich zwischen den beiden.

»Trinkst du auch einen Sake mit uns?«

Ohne meine Antwort abzuwarten, orderte Max drei kleine Holzkisten mit undefinierbarer Flüssigkeit.

»Magst du Sushi?«

»Das kann ich dir sagen, wenn ich den Nachtisch bestelle.«

Wolfgang lachte und erklärte mir die Speisekarte. Er roch so gut und ich achtete mehr auf seine Lippen als auf seine Erklärung, was der Unterschied zwischen Naki und Maki ist.

»Bestell einfach für mich mit.«

Der Ober brachte Stäbchen und Wolfgang berührte meine Hand, denn schließlich mußte er mir zeigen, wie ich die kleinen Reishappen elegant zum Mund führen konnte. Es gelang mir ohne zu kleckern und schmeckte sogar. Nach dem zweiten Sake probierte ich von seinem Teller und nach dem dritten ließ ich ihn von meinen Stäbchen naschen. Ich fühlte mich wohl in seiner Gesellschaft, denn es gelang ihm, mir auf souveräne Art klar zu machen, dass er mich näher kennen lernen wollte. Aufmerksam verfolgte er meine Gesten, meine Konversation mit Kolleginnen und ließ es mir an nichts fehlen. Er war nicht einer von diesen grünen Jungs, die ich um den Finger wickeln konnte. Ich stellte mir vor, dass er im Bett ein exzellenter Verführer wäre.

Als ich das erste Mal auf die Uhr sah, erschrak ich, wie spät es schon war. Halb elf!

»Ich muss nach Hause.«

Wolfgang reagierte sofort.

»Ich bringe dich. Mein Auto steht gleich vor der Tür. Für mich ist es auch spät genug.«

Warum sollte ich mich den Strapazen der nächtlichen Bahnfahrt aussetzen?

»Na gut.«

Bei dem Gedanken, von ihm nach Hause gebracht zu werden, flatterte regelrecht mein Puls. Wolfgang zahlte die Rechnung für uns beide und verließ wie selbstverständlich mit mir das Lokal. Auf dem Weg zu meiner Wohnung überlegte ich, ob ich ihn noch hoch bitten sollte. Nein, wenn ich ihn richtig einschätzte, stellte sich diese Frage nicht.

»Sehe ich dich wieder? Das Seminar ist zu Ende und du arbeitest nicht in der Zentrale.«

»Ruf mich im Büro an!«

»Gute Nacht, Conny!«

»Bis dann.«

Zögerlich stieg ich aus und hoffte bereits im Treppenhaus, am nächsten Tag von ihm zu hören.

Er ließ von sich hören, und das jeden Tag. Nach einer Woche lud ich ihn zum Essen ein. Dafür jagte ich mit Staubsauger und Feudel durch die Wohnung, bezog das Bett neu und entfernte Wachsreste aus den Kerzenständern. Zur musikalischen Untermalung wählte ich Schwarzen Soul. Die Lamellen der Jalousien uneinsehbar gekippt und das Mahl leicht bekömmlich, asiatisch schien mir angemessen. Der Tempel der Sirenen wirkte gegen mein Heim wie eine billige Absteige. Er betrat pünktlich auf die Minute den weißen Flokati in meinem Flur und erwachte am nächsten Morgen in meinem Bett.

Es dauerte keine zwei Jahre und wir bezogen eine

gemeinsame Wohnung. Er gab mir eine Sicherheit, die meine Phantasien vorerst auf Eis legte. Mit ihm lebte ich die Frau, die ich sein wollte: gesellschaftsfähig an seiner Seite. Ich genoss die erhöhte Aufmerksamkeit im Büro oder im Sportverein, als die Leute mitbekamen, dass ich einen Freund vorzuweisen hatte. Bei mindestens achtzig Prozent aller Gesprächsthemen konnte ich nun mitreden. Ich sammelte die neuesten Kochrezepte in einem Ordner, arrangierte Blumengestecke in jedem Raum, zeichnete mich als perfekte Gastgeberin aus und feilte mit an seiner Karriere. Auf meine Mutter wirkte ich wie ein Schmetterling, der endlich aus seinem Kokon geschlüpft war. Das Raupendasein in Hosen gehörte der Vergangenheit an. Ich glaubte nichts zu vermissen, doch in mir saß eine Rebellin in Ketten, die nicht aufhören wollte, sich zu wehren.

5

Drei Jahre waren seit unserer ersten Begegnung vergangen. Die rosarote Brille verstaubte in der Schublade und Bea traf sich wieder häufiger mit mir. Stundenlang hockten wir bei Soave und Kerzenlicht zusammen und ich ließ mir von ihr die Stellung der Frau in der Gesellschaft erklären. Ich begann in kleinen Schritten meinen Horizont in Sachen Frauenliteratur über Hera Lind hinaus zu erweitern. Im Büro hielt man mich bereits für eine Feministin, nur weil ich die *Cosmopolitan* während meiner Mittagspause las. Dabei begeisterten sich immer mehr Frauen aus meiner Abteilung für diese »Frauenfachzeitschrift«, die nicht die üblichen Schminktips und neuesten Rezepte zum Thema hatte. Männer rümpften missbilligend die Nase, anstatt sich die Tips »Was wollen Frauen wirklich?« durchzulesen. Womöglich würde ich auf diesen Seiten etwas über meine zuweilen stark abfallende Lust in Sachen Sex finden. Dabei lag es weder an Wolfgang, noch an Gelegenheiten. Mit sechsundzwanzig Jahren sollte ich mich auf der Höhe meiner sexuellen Empfindungen bewegen, doch ich fühlte mich meilenweit davon entfernt. Meine Phantasien lebten wieder auf und wurden regelmäßig durch, wie es mir schien, Zufälle beflügelt. In der neuesten Ausgabe der Cosmo las ich einen Romanauszug aus *Es begann im Jahr der Katze*. Schon nach wenigen Zeilen vertiefte ich mich in die

Lektüre. Die Geschichte handelte von zwei Frauen, die sich in den Wirren des Indochina-Krieges kennen und lieben lernten. Nach Feierabend machte ich mich sofort auf den Weg in den nächsten Buchladen. Ich musste weiterlesen, obwohl mein schlechtes Gewissen mir einzureden versuchte, dass der Kauf dieses Buches etwas Verwerfliches sei. Wieso ließ ich mich da hineinziehen und warum vermochte ich mich überhaupt für solch ein Thema zu interessieren? *Die Geschichte einer verbotenen Liebe* leuchtete in großen Druckbuchstaben auf der Rückseite des Umschlages und der Verkäuferin entgingen die Worte nicht. Interessiert sah sie mich an, zögerte kurz, um gleich darauf den Preis einzutippen. Ich fühlte eine entsetzliche Röte in meinem Gesicht aufsteigen. Jede im Laden beobachtete mich und sah mir meine Phantasien an.

»Für eine Freundin.«

Meine Feigheit schlug mir ins Gesicht. Noch bevor ich zu Hause angekommen war, hatte ich den Umschlag vom Buch entfernt. Ich versteckte ihn in der hintersten Ecke meines Schreibtisches. Wolfgangs Geschäftsessen und sein spätes Heimkommen nutze ich, um ungestört in die Handlung einzutauchen und die Traumwelt zu betreten. Dieses Verlangen nach einer Frau, diese unausgesprochene Begierde. Eine Leidenschaft, die es wohl nur in Romanen gab. Und doch verschlang ich jede einzelne Zeile, ließ jedes Wort langsam an meinen Augen vorübergleiten, von feinen Nerven aufnehmen und im See meiner Gedanken ein Ufer finden.

Ich gab das Buch Bea, sie sollte verstehen, was ich meinte. Diese Welt gab es nicht wirklich und niemand könnte mir verbieten, für Stunden in Gefühlen zu versinken, in denen ich ohne Zweifel lebte, die ich auszuleben versuchte. Drei Wochen danach lud sie mich ins Kino ein. Sie sagte nicht, worum es ging, sondern dass ich mich überraschen lassen sollte. Die kleinen Kinos am Bahnhof boten keinen Mainstream, sondern hielten sich mit kleinen Filmen über Wasser, die den schlichten Alltag in seiner Kuriosität zeigten: melancholisch, komisch, dramatisch. Bunte Plakate hinter Glas lieferten kurze Einblicke ins laufende Programm, und es dauerte nicht lange, bis ich wusste, welchen Streifen wir uns ansehen würden. Mein einziger Gedanke beim Eintritt in den Vorraum des Kinosaales war: Hoffentlich erkennt dich niemand. Gehemmt blickte ich in die Menge der wartenden Frauen, ohne sie richtig anzusehen. Dachten die von mir, was ich von ihnen dachte? Glaubten sie, ich würde zu ihnen gehören? Ich atmete tief durch, als wir hineingingen und das Löschen des Lichts meine Befürchtungen in undurchdringliches Dunkel tauchte. Langsam löste sich meine Anspannung und mit dem Beginn des Filmes existierte nichts mehr um mich herum.

Leise Country-Musik legte sich über die letzten Worte der beiden Frauen und die ersten im Saal standen auf. Bea sagte nichts. Sie blieb mit mir bis zum Ablauf des Abspannes sitzen. Ihre Hand berührte meinen Arm.

»Wollen wir langsam?«

Wortlos erhob ich mich, zog meine Jacke an und folgte ihr zum Ausgang. Dieser Film hatte mich mitgerissen, am liebsten wäre ich sofort wieder in die Spätvorstellung gegangen. Eine Woge von Gefühlen erfasste mein Innerstes. Ich sehnte mich danach eine Frau zu berühren, sie zu küssen, und die Angst, es mir einzugestehen, schnürte mir die Kehle zu. Bisher hatte ich es mir nur beim Lesen von Büchern ausmalen können, aber jetzt sah ich die Bilder zweier sich liebender Frauen real vor mir.

»Der Film war gut.« Ich versuchte, die Feststellung möglichst gleichgültig wirken zu lassen, doch es klang eher wie eine Aufforderung, weiter zu fragen. Manchmal spielt dir das Unterbewusstsein einen Streich.

»Wie fandest du die Dunkelhaarige?« Bea lächelte zaghaft.

»Sie sah sehr gut aus.« Ich fühlte Panik in mir aufsteigen und spürte den prüfenden Blick meiner Freundin auf mir. Sie ging vor mir her, zappelte von einem Fuß auf den anderen und drehte sich ständig nach mir um. »Kannst du dir vorstellen, mit so einer Frau ins Bett zu gehen?«

Ich wusste, dass sie mir diese Frage stellen würde.

»Bea!«

»Jetzt sag doch mal.«

»Ja.«

JA! Ich wollte es herausschreien und im nächsten Moment im Keim ersticken.

»Ja?«

Abrupt blieb sie stehen und sah mir tief in die Augen. Immer wenn ich aufgeregt bin, schimmern braune Flecken im Blau meiner Iris. Bea wusste das.

»Du würdest mit einer Frau schlafen, obwohl du in einer Beziehung zu einem Mann steckst?«

Mein Blick wich ihr aus, ging an ihr vorbei. »Bea, diese Frau gibt es nicht.«

»Und wenn doch? Eines Tages wirst du dieser Frau begegnen.«

»So ein Quatsch!« Flippte sie jetzt total aus?

»Bist du sicher, dass es nicht passiert, wenn sie es auch will?«

Schlagartig wurde mir klar, worauf sie hinauswollte.

»Ich liebe Wolfgang und wir werden heiraten, eine Familie gründen und in Ruhe leben, eben ganz normal. Das will ich!«

»Ist es nicht das, was deine Eltern von dir erwarten?«

»Na und? Ich bin glücklich.«

Meine Stimme bebte, sie trieb es zu weit.

»Ja, bist du das? Wirst du in zehn Jahren auch noch glücklich sein?«

Bea schürte meine Unsicherheit. Die Zukunftsbilder, mein Familienidyll verschwammen. Öde und kahl ließen sie plötzlich den Raum meiner Vorstellungskraft werden. Ich fühlte mich seziert, die unablässigen Fragen legten in meiner Seele eine Schicht nach der anderen frei. Auch wenn sie meine Freundin war, hatte sie nicht das Recht, in meinem Innersten zu wühlen. Ich blieb stehen.

»Hör endlich auf, Bea!«

Jedem Wort gab ich einen drohenden Ton.

Sie lief zu mir zurück und sah mich flehend an. »Es ist dein Leben, leb es nicht für andere.«

Meine Hände ballten sich in den Manteltaschen und ich zitterte nicht nur vor Kälte.

»Ich bin nicht so wie du.«

»Sag es, wie bist du nicht?«

Bea baute sich provozierend vor mir auf. Ich hätte ihr eine scheuern können.

»Was willst du hören?« Wut besiegte meine Verzweiflung.

»Sag, dass du nicht lesbisch bist!«

»Es reicht, Bea! Hör mir jetzt genau zu. Ich habe Spaß daran mit Wolfgang ins Bett zu gehen, und wenn er will, blase ich ihm auch einen. Kein Problem! Nur weil ich in meinen Phantasien mit Frauen schlafe, bin ich noch lange nicht lesbisch. Da müsste sich ja jede dritte Frau outen.« Ein Fußgänger drehte sich irritiert nach uns um.

»Du belügst dich doch selbst und merkst es nicht einmal. Wofür tust du das, für gesellschaftliche Anerkennung?«

»Das Thema ist für mich erledigt. In drei Monaten gehen die Einladungskarten zu unserer Hochzeit raus und daran wirst du nichts ändern.«

»Nein, meine Liebe, daran kannst nur du etwas ändern. Machs gut, ich nehme die Bahn.«

Sie wechselte die Straßenseite, ohne sich noch einmal umzudrehen.

Mit jedem Atemzug verließ mich das Gefühl der Schwäche, mir etwas eingestehen zu müssen. Schnaubend rannte ich die Treppen der Tiefgarage hinunter, fuhr mit quietschenden Reifen aus dem Parkhaus und hätte fast die Schranke ignoriert. Auf den Stufen zur Wohnung senkte sich mein Adrenalinspiegel. Fünf Stockwerke nach krassem Nikotinkonsum schafften den körperlichen Ausgleich. Mit hochrotem Kopf prustete ich ein Hallo in den Flur.

»Wie, schon so früh?«

Wolfgangs Stimme drang aus seinem Arbeitszimmer.

»Mir war nicht mehr nach Kneipe.«

Ich drehte ihn auf dem Stuhl in meine Richtung und setzte mich auf seine Oberschenkel.

»Was lief im Kino?«

Seine Hände spielten mit meinem Gürtel.

»Ach, so'n Frauenfilm. Bea wollte ihn unbedingt sehen.«

»Sag mal, ist die nicht lesbisch?«

»*Die* steht im Kühlschrank! Du redest von meiner besten Freundin.«

»Weißt du, ich finde es nicht so toll, wenn du ständig mit ihr losziehst.«

»Das ist doch nicht dein Ernst, oder?«

Nahm er an, dass es sich um eine ansteckende Krankheit handelte?

»Ich mag sie nicht. Kann es sein, dass sie ... irgendwie männerfeindlich ist?«

»Blödsinn, alles Vorurteile!«

Verlegen und unsicher dabei, mir etwas vorzuschreiben, suchte er nach einer Erklärung. Ahnte er meine verborgenen Phantasien? Das Thema Homosexualität wurde in meinem Freundeskreis lediglich mit Verunglimpfungen und dummen Witzen abgehandelt. Eine Lesbe stellte ein Mannweib dar, das sowieso keinen Kerl abbekam. Ein Ammenmärchen in den Köpfen der Männer.

»Würdest du den Kontakt zu deinem besten Freund abbrechen, nur weil er schwul wäre?«

Wolfgang zögerte mit seiner Antwort.

»Nein, natürlich nicht. Aber Bea fasst dich manchmal so eigenartig an, dass ich zuviel kriege.«

»Sie will nichts von mir und diese Vertrautheit zwischen uns ist völlig normal. Jede andere Frau nimmt mich auch in den Arm und küsst mich auf die Wange.«

Da er keines meiner Argumente widerlegen konnte, resignierte er schließlich. War es die Angst mich zu verlieren, die ich in seinen Augen zu sehen glaubte? Ich liebte ihn doch, und meine Mädchenträume mussten endlich ein Ende haben. Albern, sich mit solchen Gedanken das Leben schwer zu machen. Mutter Falkenberg würde sagen: »Kind, werde erwachsen!« Meine Traumwelt harmonisierte in keinster Weise mit meinem gesellschaftlichen Umfeld und hatte daher nicht mehr zu existieren. In knapp einem Jahr würde ich Frau Mahnrot heißen, schwanger sein und den öden Job aufgeben können.

»Ich will mit dir schlafen, jetzt.«

Kein weiteres Wort, nur der Wunsch nach Taten, real und spürbar. Schnell und ungeduldig schürte ich die männliche Lust, entblößte mich vor seinen Augen. Mit festem Griff holte er mich zurück auf seinen Schoß, massierte mit beiden Händen meine Brüste. Hastig öffnete ich sein Hemd, streichelte nackte Haut, muskulös und behaart. Er umklammerte meine Hüften, aber ich bestimmte den Rhythmus. Jede Bewegung meines Körpers spiegelte sich in seinem Gesicht. Lustvolles Stöhnen bestätigte mich darin, als Frau begehrt zu sein. Ich brauchte sein Verlangen nach mir, denn mein Selbstbewusstsein stand auf wackligen Beinen.

Bea erschien nicht zu unserer Hochzeit. Stattdessen schrieb sie mir einen Brief, indem sie mir mitteilte, dass sie meine Entscheidung nicht verstehen könnte. Ihre letzten Zeilen lauteten: »Leb wohl, ich wünsche Dir viel Glück. Ich hoffe, dass Du an dieser Art zu leben nicht eines Tages zerbrichst. Denke immer daran, Du hast nur ein Leben und alles, was Du tust, solltest Du für Dich tun und nicht für andere.«

Es klang endgültig und das sollte es wohl auch sein, aber ich vergoss keine Träne. Die letzte Tür zu meinem Zwiespalt wurde zugeschlagen. Ich nahm den Brief und legte ihn zusammen mit meinen Erinnerungen an Bea in eine Schublade meines Schreibtisches.

Ein Jahr verging und ich lernte Greta kennen, die Zukünftige von Max, Wolfgangs bestem Freund. Begierig trieb sie ihre Spielchen mit ihm, wie eine Katze, die der Maus immer wieder gefährliche Hiebe mit ihren Krallen verpasste. Max überlebte und verwandelte sie mit der Zeit in einen handzahmen Stubentiger, der sich gelegentlich die Krallen an ihm wetzt. Ein Vollweib eben. An unseren langen Frauenabenden versuchte sie den weiblichen Vamp in mir hervorzuzaubern, doch die Versuche scheiterten kläglich, und das lag nicht an zu viel Soave, den wir bis zum Morgengrauen genossen. Wir tauschten unsere Erfahrungen mit sexuellen Praktiken aus wie eine Sammlung von Kochrezepten, bloß ihre euphorischen Darstellungen von Leidenschaft und Lust konnte ich nicht teilen.

»Für mich ist Sex nicht das Wichtigste in einer Beziehung.«

»Was denn?«

Gretas Geduld mit mir geriet an ihre Grenzen.

»Schätzchen, ist er ein schlechter Liebhaber?« Grazil rekelte sie sich auf der Couch und nippte an ihrem Weinglas. »Mir kannst du es ruhig sagen.«

Es war einer jener Abende, an denen sie wieder nicht locker ließ.

»Ich kann mich nicht beklagen. Sicher habe ich meinen Spaß, aber es macht mir nichts aus, eine Zeit lang darauf zu verzichten.«

Greta reagierte entsetzt.

»Großer Gott, ich würde dahinsiechen. Männlicher Trieb hin oder her, ich beanspruche das gleiche Recht als Frau. Wenn mir Max das nicht geben könnte, würde ich wahrscheinlich fremd gehen.«

Sie verdrehte die Augen und zwinkerte.

»Auf die Idee käme ich gar nicht. Mir einen anderen Mann suchen, wozu? Wolfgang tut alles für mich.«

»Kann er dir irgendwas nicht geben?« Ihr Lächeln verschwand.

Sie drang mit der Frage auf ein Gebiet vor, zu dem ich ihr keinen Zugang gewährte. Mir selbst nicht mehr.

»Nein, ich bin zufrieden, alles o.k.!«

Kurz bevor ich ging, sagte ich ihr noch, dass ich schwanger war.

6

Es sollte eine Routineuntersuchung werden, als ich mir den Termin bei meinem Frauenarzt geben ließ. Gut, ich verspürte ein leichtes Ziehen im Unterleib, aber es beunruhigte mich nicht weiter. Interessiert sah ich während der Behandlung auf das Ultraschallgerät.

»Was ist das für ein schwarzer Punkt?«

Die Augen meines Arztes lächelten hinter dicken Brillengläsern.

»Ich glaube, wir können uns vorerst weitere Untersuchungen sparen.«

»Also, alles in Ordnung!«

Eilig stieg ich vom Behandlungsstuhl und verschwand hinter dem Vorhang, um mich wieder anzuziehen.

»Frau Mahnrot, ab sofort keine Zigaretten und keinen Alkohol mehr.«

»Wieso das denn?«

»Sie sind schwanger. Herzlichen Glückwunsch!«

»Ich bin was? Schwanger?«

Ich musste mich setzen, sonst wären mir die Beine weggeknickt.

»In vier Wochen sehen wir uns wieder, und dann habe ich auch Ihren Mutterpass.«

Wie in Trance verabschiedete ich mich von ihm, wandelte aus der Praxis und stand plötzlich auf der Straße.

»Ich bin schwanger.«

Sollte ich lachen oder weinen oder beides? Wie würde Wolfgang reagieren, meine Familie? Kein Gedanke ließ sich fassen, Bruchstücke wirbelten wie wild in meinem Kopf hin und her. Zu Hause angekommen, setzte ich mich in einen Sessel und starrte auf die Uhr. Wann kommt er denn bloß? Ich drehte das Ultraschallbild in alle Richtungen. Ein kleiner schwarzer Punkt sollte mein Leben verändern. Jetzt schossen mir die Tränen in die Augen und liefen über einen lachenden Mund.

Kurz vor sechs hörte ich seine Schritte im Treppenhaus.

»Conny, bist du da?«

Ohne zu antworten blieb ich, äußerlich völlig ruhig, im Sessel sitzen. Erschrocken bemerkte er mein verheultes Gesicht.

»Was ist los?«

Mit strahlenden Augen sprang ich auf und warf mich ihm in die Arme.

»Du wirst Vater.«

»Ehrlich?«

Übermütig drehte er mich im Kreis.

»Ist das wahr?«

»Hör auf, Wolfgang, mir ist schon schwindlig.«

Ich drückte ihn an mich und für Sekunden standen wir einfach nur da und hielten uns fest. Aber gleich darauf hüpfte ich ungeduldig vor ihm herum. »Ich muss es gleich meinen Eltern sagen, lass uns losfahren.«

»Moment! Ich muss das erst mal verkraften.«

»Komm schon.«

»Ja, ja, bloß keinen Stress für den werdenden Vater.«

Paps saß im Wohnzimmer und studierte Börsenkurse. Das tat er jeden Abend, nur kaufte er nie. Von seinen Tips hätte sich Mama längst eine neue Waschmaschine kaufen können, doch so sehr sie ihn auch bat zu investieren, er blieb stur.

»Edgar, jetzt pack doch die Zeitung weg, die Kinder sind da.«

»Setzt euch!«

Er erhob sich von seinem ledernen Fernsehsessel, in dem nur er sitzen durfte. Überrascht umarmte er mich und gab Wolfgang die Hand.

»Mitten in der Woche? Ist was passiert?«

Mama rückte nervös ihre Brille zurecht.

»Hier, Paps, das solltest du dir mal ansehen.«

Ich reichte ihm das Ultraschallbild. Mit skeptischer Miene begutachtete er das Foto.

»Edgar, zeig doch mal!«

»Lass das jetzt, Marie-Luise, ich guck mir das an.«

Mit einem breiten Grinsen neckte er meine Mutter, zeigte ihr das Foto immer nur für einen Bruchteil von Sekunden.

»Ich glaub, ich weiß es!«

»Dein Vater ist unmöglich!«

»Dass ihr das so schnell hinbekommen habt. Marie-Luise, hol den Champagner.«

Überglücklich drückte er uns an seinen dicken Bauch.

Erst spät am Abend verabschiedeten wir uns. Vor lauter Aufregung merkte ich erst im Bett, wie erschöpft ich war. Selig schlief ich an Wolfgangs Seite ein.

In mir wuchs neues Leben heran und mein Körper spielte verrückt. Ein Steptanz der Hormone. Ich tauschte Zigaretten gegen Rote Grütze mit Vanillesoße und nippte Sauerkrautsaft statt Sekt und Martini. Innerhalb kürzester Zeit nahm ich vier Kilo zu und meine Brust wuchs, sehr zum Gefallen meines Gatten, wie es mir Bea in der Pubertät gewünscht hatte.

Manchmal ertappte ich mich dabei, dass ich mit dem Mini sprach oder vorsichtig meinen Bauch streichelte. Meine Sensibilität für alle äußeren Einflüsse entsprach nicht mehr dem mir gewohnten Ausmaß. Wolfgang irritierten meine Launen, aber er gewöhnte sich daran. Laute Musik hörte er nur noch, wenn ich nicht zu Hause war. Die Heizung lief auf Hochtouren, obwohl ich im Wohnzimmer in Winterpulli und Wolldecke saß.

Als ich die ersten drei Monate überstanden hatte, fiel mir ein Stein vom Herzen. Ich hatte von mehreren Seiten gehört und gelesen, dass in den ersten drei Monaten Zwischenfälle auftreten könnten. Am ersten Tag des vierten Monats stand der nächste Untersuchungstermin an. Endlich würde ich den Mini auf dem Ultraschall sehen können und seinen Herzschlag hören. Völlig unruhig rutschte ich auf dem Stuhl im Wartezimmer hin und her. Es dauerte eine knappe Stunde, bis ich endlich an der Reihe war. Dr. Lange begrüßte mich.

»Na, Frau Mahnrot, sind Sie aufgeregt?«

»Meinen Sie, man kann schon richtig was sehen?«

Wahnsinn! Vielleicht sieht der Arzt schon, ob es ein Mädchen oder Junge wird. Ein Mädchen würde natürlich ganz nach der Mutter schlagen, oh je, lieber nicht. Ich muss mir unbedingt einen Namen überlegen, wir können es ja nicht Mini nennen.

»Sicher, Sie werden Ihr Kind heute hören und sehen können. Der Herzschlag geht allerdings wesentlich schneller als der eines erwachsenen Menschen.«

Das Gel, das er auf meinem Bauch verteilte, war eiskalt. Dr. Langes Blick wich nicht vom Monitor, als er das Gerät zum Abhören der Herztöne ansetzte. Seine dichten weißen Augenbrauen zogen sich über der Nase zusammen. Mich befiel ein nie gekanntes Angstgefühl. Alles verkrampfte sich in mir.

»Ist irgendwas nicht in Ordnung?«

Es kam keine Antwort, stattdessen begann er noch einmal mit der Untersuchung. Minuten, die mir wie eine Ewigkeit vorkamen. Er schaltete das Ultraschallgerät und den Herztöner aus.

»Doktor, was ist?«

Meine Stimme zitterte. Ich wollte die Antwort nicht hören. Stop, bis hierhin und nicht weiter. Bitte, lieber Gott, lass es nicht wahr sein.

Der Arzt nahm seine Brille ab, doch konnte er mir nicht in die Augen sehen. Er räusperte sich, wählte seine Worte vorsichtig: »Ich kann keine Herztöne hören. Das darf normalerweise nicht sein.«

Es schnürte mir die Kehle zu. Ich fühlte mich, als würde mir mein Kind aus dem Unterleib gerissen.

»Ich muss Sie bitten, heute noch ins Krankenhaus zu fahren. Dort werden Sie noch einmal gründlich untersucht. Ich möchte jetzt noch gar nichts sagen. Melden Sie sich in der Entbindungsstation bei Frau Dr. Ahlers.«

Stumm zog ich mich an und verließ den Behandlungsraum.

»Vergessen Sie Ihren Mutterpass nicht.«

Die Arzthelferin drückte ihn mir in die Hand, die ihn kaum halten konnte.

Meine Beine trugen mich mechanisch den gleichen Weg, den ich vor drei Monaten fast gerannt war. Jetzt fiel mir jeder Schritt nach Hause schwer. Ich habe es verloren. Apathisch quälte ich mich in den Flur, doch kaum dass ich in der Wohnung war, sackte ich zusammen. Der Schmerz fuhr durch meinen Körper wie eine Walze, die alles mitriss. Wolfgang eilte aus der Küche.

»Conny!«

Ich schrie und konnte nicht aufhören, wand mich auf dem Fußboden, schlug mit den Fäusten gegen den Schrank.

»Warum, warum?«

Er kniete sich neben mich, ergriff meine Arme.

»Beruhige dich, bitte!«

Seine Verzweiflung, seine bange Ahnung ließ mich noch tiefer fallen.

»Keine Herztöne.«

Ich starrte an ihm vorbei und meine Tränen liefen über seine Hände.

»Oh nein!«

Auch er kämpfte mit den Tränen.

»Ist es denn schon sicher, dass ...« Ihm fehlte der Mut weiter zu fragen.

»Ich glaube nicht mehr daran. Es ist vorbei, das spüre ich.«

»Vielleicht hat der Arzt sich geirrt, kann doch sein.« Jedes Wort der Beruhigung war sinnlos.

Auf dem Weg ins Krankenhaus saß ich zusammengekauert auf dem Beifahrersitz. Ich konnte nicht mehr denken, mein Blick ging ins Leere. Wolfgang versuchte verbissen sich auf den Verkehr zu konzentrieren. Es war bereits halb acht, als wir im Flur vor der Entbindungsstation saßen. Die Ärztin hatte sich entschuldigen lassen, da sie noch zu einer Geburt gerufen wurde. Die Zeit des Wartens zermürbte mich. Auf dem Gang ging eine hochschwangere Frau mit ihrem Mann auf und ab. Liebevoll hielt Wolfgang meine Hand.

»So, da bin ich. Die Geburt verlief schneller als erwartet.«

Die Ärztin begrüßte uns und bat mich, ihr in einen Behandlungsraum zu folgen. Es erschreckte mich, welch eine Kälte diese Frau ausstrahlte. Für sie war ich nichts weiter als ein Routinefall, während für mich ein Traum zusammen brach.

»Setzen Sie sich bitte auf den Stuhl. Möchten Sie, dass Ihr Mann im Raum bleibt?«

Ich nickte nur und sah zu ihm hinüber. Sie schaltete das Ultraschallgerät ein. Es dauerte einen Moment, bis sie etwas sehen konnte.

»Wie Sie vielleicht erkennen können, ist die Fruchtblase bereits sichelförmig. Das heißt«, sie stockte kurz, »der Embryo ist bereits abgestorben, der Größe nach zu urteilen, wahrscheinlich schon in der zehnten Woche. Tut mir sehr leid für Sie, aber wir müssen eine Ausschabung vornehmen.«

Wolfgang wischte Tränen fort. Seine Hände zitterten und er ballte sie zu Fäusten.

»Das Beste ist, Sie kommen morgen früh um halb acht in die Klinik. Dann machen wir noch ein paar Tests und am frühen Nachmittag werden Sie operiert. Es ist nur ein kleiner Eingriff.«

Der letzte Hoffnungsschimmer zerstört durch das kühle Aussprechen nackter Fakten.

»Wolfgang, bring mich zu meiner Mutter!«

Nur sie konnte nachvollziehen, wie ich mich fühlte, denn sie hatte in jungen Jahren gleiches erlebt. Auf dem Weg zu ihr hatte ich keine Tränen mehr.

»Kinder, was führt euch denn so spät noch …«

Es verschlug ihr die Stimme. Sie sah, was passiert war, und drückte mich stumm an sich. Tröstende Worte gab es in einem solchen Moment nicht, das wusste sie.

»Frau Mahnrot, kommen Sie zu sich!«

Die Stimme der Krankenschwester erklang unbarmherzig laut. Ich wollte nicht wach werden, nur schlafen, in der Hoffnung, irgendwann aus diesem Alptraum zu erwachen. Mir war übel und ich hatte ziehende Schmerzen im Unterleib.

»Schatz, ich bin es!«

Eine vertraute Stimme drang an mein Ohr. Ich spürte seine Hand. »Wolfgang, wartest du schon lange?«

Von der Narkose benebelt, konnte ich kaum sprechen.

»Wie geht es dir?«

»Ganz gut, die Schmerzen sind auszuhalten.«

Immer wieder fielen mir die Augen zu. Wie lange Wolfgang noch geblieben war, wusste ich nicht. Irgendwann hatte ich ihn nach Hause geschickt, damit er etwas essen konnte.

»Fahr zu Greta und Max, es ist besser, du bleibst heute nicht allein. Morgen geht es mir bestimmt schon besser. Geh jetzt, ich möchte schlafen.«

Ich wollte allein sein. Er konnte mir nicht helfen. Wolfgang fuhr tatsächlich zu Greta und erzählte ihr und Max, was passiert war. Die beiden bestanden darauf, dass er bei ihnen übernachtete.

Am folgenden Tag kam Greta mit meiner Mutter ins Krankenhaus. Froh, vertraute Gesichter zu sehen, begrüßte ich die beiden.

»Ihr schon, um elf Uhr. Was ist los, Greta, musst du nicht arbeiten?«

»Ich dachte, nimm dir heute frei und ärgere den lieben langen Tag deine Freundin Conny. Wie geht es dir?«

Liebevoll nahm sie mich in den Arm und küsste mich auf die Wange.

»Na, meine Kleine, ich habe dir Obst mitgebracht, damit du wieder zu Kräften kommst.« Meine Mutter reichte mir eine riesige Papiertüte. Sie wirkte übermüdet und abgespannt.

»Papa lässt dich ganz lieb grüßen und hier ist noch ein Buch, sehr zu empfehlen.«

»Und was macht der Bau, kommt ihr ohne mich voran?« Kurz bevor ich schwanger wurde, hatte Wolfgang ein Eigenheim für uns beschlossen.

Mutter sah mich nur kopfschüttelnd an: »Du musst dich schonen. Darüber mach dir keine Gedanken.«

»Mama, ich muss mich ablenken.«

Niemand sollte sehen, wie sehr ich wirklich litt. Kein Mensch, der mir nahe stand, konnte mich verstehen. Als die beiden gingen, lag ich stundenlang auf meinem Bett, den Blick starr zur Decke gerichtet. Ich fühlte mich so unendlich leer. Drei Monate hatte ich neues Leben in mir verspürt und jetzt war alles tot. Immer wieder stellte ich mir die Frage nach dem Warum. Was trieb das Schicksal für ein mieses Spiel mit mir? Lässt mich ein Kind erwarten, um es mir wieder zu entreißen. Der Arzt sprach von einem schweren Eingriff – als ob es sich gewehrt hätte. Ich glaubte durchzudrehen. Wie sollte ich das jemals verkraften? Die drei Frauen im Zimmer wollten mich aufmuntern. Schließlich wäre ich ja noch jung, könnte noch viele Kinder bekommen. Wie aus dem Hinterhalt überfiel mich das Verdrängte, umkreiste mein Bewusstsein. Nur ich wusste es und kein Mensch, so nahe er mir auch stand, konnte nachvollziehen, wie es in mir aussah. Die Rebellin riss sich von ihren Ketten los und führte den nächsten Schachzug gegen ein verpasstes Leben.

7

Wieder eine dieser Partys, die mich zu Tode langweilten. Eine Ausrede kam nicht in Frage, denn der Gastgeber war ein Freund von Wolfgang. Grimmig stieg ich aus der Dusche. Nur ungern zog ich das kleine Schwarze und die hochhackigen Schuhe an. Meinem Mann, der nicht aufgab, aus mir eine Femme fatale zu machen, gefiel ich darin ungemein. So steckte ich mich in dieses Korsett, betrachtete mich voller Wut im Spiegel und begann mir das Gesicht zu maskieren. Der Dunst nahm mir die Sicht auf mein Spiegelbild. Es schaute um so schärfer zurück.

»Was soll das werden, ein weiblicher Vamp à la Greta?«

»Halt die Klappe!«

»Das bist du nicht.«

»Verdammt, ich tue Wolfgang einen Gefallen.«

»Ja klar, Wolfgang, deinen Eltern, nur dir nicht.«

»Ich weiß, wer ich bin!«

»Sicher, nur sagst du es niemandem.«

»Tu einfach, was ich sage.«

»Nein, du tust, was andere sagen.«

»Ich glaube, heute abend betrinke ich mich.«

Unfähig, mir meine eigenen Wünsche zu erfüllen, richtete ich meine Frustration gegen Wolfgang. Streit gehörte bei uns nicht nur auf den Tisch, nein, auch in die Wäsche, ins Bett und aufs Brot. Anstatt mich in Einklang mit mir selbst zu bringen, trat ich mehr und mehr neben mich. Die Fehlgeburt nahm mir jede Hoffnung, ein Ziel zu erreichen, für das offenbar weder mein Körper noch meine Seele bereit waren. Die Vorstellung vom erstrebenswerten Familienglück verschwamm vor meinem geistigen Auge. Die Rolle, die mir dabei zugedacht war, entsprach meiner behüteten Erziehung und altersschwachen Gesellschaftsstrukturen, aber nicht meinen Fähigkeiten und meinem Naturell. Wen interessierte das schon? Gab ich doch vor, eine Frau zu sein, die genau das verkörperte, was immer noch im Kopf des Mannes fest saß. Sei eine gute Ehefrau und die wichtigen Dinge entscheidet der Mann. Auch Wolfgang bildete da keine Ausnahme. Wenn ich erst mit einem Kind zu Hause sitzen würde, sähe er keinen Grund mehr, im Haushalt zu helfen, und das Haushaltsgeld bekäme ich zugeteilt. Dagegen hatte sich schon meine Großmutter gewehrt. Alles schien vorbestimmt – egal, wie du dich entwickelst, am Ende bist du verheiratet und hast mindestens zwei Kinder. Erst dann ist aus dir eine anständige Frau geworden.

An der Eingangstür setzte ich mein Partylächeln auf, trat ins Wohnzimmer und begrüßte alle Anwesenden freudestrahlend. Die meisten Gäste kannte ich. Max und Greta standen an der Bar und signalisierten mir, herüber zu kommen.

»Hallo meine Liebe, da bist du ja!«

Greta umarmte mich. Ihre Erscheinung war ganz die einer griechischen Jagdgöttin. Markante Gesichtszüge, die funkelnde Strenge ihrer dunkelbraunen Augen. Schwarz glänzendes Haar, jede Strähne saß. Auf dem Rücken ein unsichtbarer Köcher, gefüllt mit spitzen Pfeilen, die es im Laufe des Abends abzuschießen galt. Sie täuschte niemandem etwas vor. Max ließ uns allein und gesellte sich mit Wolfgang zum Gastgeber.

»Zwei Martini auf Eis!«

Die junge Frau hinter der Bar ließ Greta nicht lange auf ihre Bestellung warten.

»Dank dir, Greta. Den brauch ich jetzt.«

In einer Ecke erblickte ich eine Frau, die meine Aufmerksamkeit erregte. Greta saß mit dem Rücken zu ihr, doch sie wusste genau, wohin ich sah. Graziös, fast vornehm strich sie dunkle Locken aus ihrem ausdrucksvollen Gesicht mit den vollen Lippen. »Weißt du, wer sie ist?« Meine liebe Freundin hatte mir offenbar schon wieder einige Informationen voraus.

»Nein, noch nie gesehen. Mit wem ist sie hier?«

»Das ist Peters Neue. Unscheinbar, nicht wahr, hat so gar nichts.«

»Findest du?«

Übereinandergeschlagene Beine signalisierten Distanz. Sie spürte meine Blicke.

Gespielt gleichgültig nippte ich an meinem Martini und sah über den Rand meines Glases.

»Zu starke Dauerwelle, schlechtes Make-up und das Kleid ist schon seit den Siebzigern aus der Mode. Wenn sie es noch länger trägt, ist sie bald wieder in mit dem Fummel.«

Wie konnte ich nur ihre Aufmerksamkeit auf mich lenken? Sie musste doch merken, dass ich sie beobachtete.

»Hörst du mir überhaupt zu?«

Greta stieß mit dem Ellenbogen gegen meinen Arm.

»Ich möchte sie kennen lernen.«

»Geh rüber und langweile dich.«

Pikiert wandte sie sich ab und ließ mich allein an der Bar stehen. Zögernd ging ich auf die Frau zu. Endlich registrierte sie es und ihre grüne Augen fixierten mich.

»Hallo, ich bin Conny, wir kennen uns noch nicht.«

Interessiert musterte sie mich, von Unsicherheit keine Spur.

»Vera.«

Sie stieß mit dem Glas an das meine und lächelte verhalten. Was für lange Wimpern! Ihr Augenaufschlag ließ mich taumeln. Das Stimmengewirr um mich herum schmolz zu einem unverständlichen Gemurmel. Ihr Blick nahm mich an die Hand und ich tauchte ein in das Tal der verkehrt fließenden Flüsse, dessen Früchte der Lust von athletischen Amazonen geerntet wurden. Straffe Brüste, von der Sonne gebräunt, sehnten sich nach der Berührung zarter Hände. Das dunkle Haar wehte wiederspenstig im heißen Wind der Wüste. Ein Kuss benetzt die vollen Lippen, feucht, gierig, aus unendlichen Tiefen des Verlangens.

»Hat sie dir erzählt, wer ich bin?«

»Was?«

Contenance, Conny.

»Wer, Greta? Du musst sie kennen, um sie zu mögen. Ja, wir sprachen kurz von dir.«

»Ich bin die Neue, nicht wahr?«

An ihren Worten hingen Eiszapfen, die ihre warme, dunkle Stimme nicht zum Schmelzen brachte.

»Entschuldige, aber Peter hat uns bisher in regelmäßig kurzen Abständen Blondinen vorgestellt. Nichts gegen Blondinen, ich bin ja selbst eine, aber seine entsprachen doch arg bestimmten Vorurteilen.«

Gretas Bemerkungen über ihr Äußeres behielt ich für mich. Ich befürchtete, sie würden unser Gespräch vorzeitig beenden, und so suchte ich krampfhaft nach einem anderen Thema. Eine harte Nuss, diese kleine Dunkelhaarige. Warum nur so feindselig?

»Ich hasse diese Partys, viel lieber würde ich jetzt

gemütlich auf dem Sofa liegen, mir einen alten Film ansehen oder ein gutes Buch lesen.«

Wenn sie wüsste, was ich für Bücher lese, *Eroberung der Nacht, Seltsamer Wein, Rubinroter Dschungel* ..., vielleicht würde sie das ein oder andere auch interessieren.

Sie zog die Augenbrauen hoch und setzte tatsächlich an, mich nach meiner Bettlektüre zu fragen.

»Im Moment lese ich gerade über eine Frauenfreundschaft zwischen Ost und West.«

Wie diplomatisch ausgedrückt.

»Was hältst du von einem Spaziergang im Garten? Mich vermisst hier sowieso niemand.«

Irritiert durch dieses plötzlich aufkommende Vertrauen folgte ich ihr wortlos mit einer Flasche als Wegzehrung in den Garten. Draußen empfing uns laue Abendluft, von nachsommerlicher Wärme erfüllt. Wir entflohen dem Trubel und fanden eine kleine Bank zwischen blühenden Büschen. Die Hacken meiner Schuhe verschwanden im Gras, und ich hatte Mühe, mit einer Flasche Martini und zwei Gläsern das Gleichgewicht zu halten.

»Danke für deine Hilfe!«

»Sag doch was.«

Grinsend nahm sie mir die Flasche aus der Hand. Unsere Blicke trafen sich. Grüne Katzenaugen, von denen ich mich beobachtet fühlte.

»Wollen wir uns hier im Dunkeln einen gönnen?«

Ich nickte entschlossen und sie lächelte mich zum ersten Mal ohne Misstrauen an.

»Bist du verheiratet?«

»Wieso, sehe ich so aus?«

»Nein, aber du trägst einen goldenen Ring an deiner rechten Hand.« Sie deutete auf meine Finger.

»Ach Gott, dir entgeht wohl nichts. Seit einem Jahr.«

Es kam mir vor wie ein Film im Kino, der plötzlich an der Stelle reißt, als der Held die Heldin küsst. Alles noch mal zurück, Neuanfang. Der Job, die Heirat, die Schwangerschaft, war es wirklich das, wonach ich strebte? Ich fühlte mich wie ein Mosaikstein, der nicht passte. Dann wird die Kante eben abgeschlagen, um ihn einsetzen zu können. Die Bruchstelle kitten wir mit Ignoranz und Moralbezeugungen. Ich verspürte nicht die Kraft des Widerstandes in mir. Wo hatte ich meinen Kampfgeist verloren? Die Anpassung umschnürte mich wie klebrige Taue.

Vera erzählte mir von ihrer Beziehung mit Peter und dass es ihr erster Mann war.

»Du bist eine Spätzünderin, wie?«

»Nein«, sie senkte den Kopf und schaute zu Boden, »es hat mich nicht sonderlich interessiert.«

Sie nahm einen großen Schluck von ihrem Martini. Ich fragte nicht weiter nach. Ohne jedes Gefühl sprach sie von dieser Beziehung. Mit einem Mann liiert zu sein gehörte für sie zum gesellschaftlichen Leben einfach dazu.

»Tut mir Leid, wenn ich zu viel über mich rede, liegt wohl am Martini.«

»Du redest nicht über dich.«

»Was?«

Sie schluckte, griff nach der Zigarettenpackung in ihrer Tasche und ließ sich von mir Feuer geben. Für eine Sekunde glaubte ich, dass ihre Finger zitterten.

»Nein, tust du nicht. Du erzählst mir von Peter und von eurer Beziehung, die du nicht als die beste darstellst. Aber was ist mit dir und deinen Gefühlen?«

Sie sagte so viel und doch nichts. Gedankenverloren blies sie den Rauch in die klare Sternennacht.

»Siehst du den Großen Wagen?«

»Du bist eine Meisterin im Ablenken, das sehe ich.«

Ich sprach mit ihr, als verbinde uns eine jahrelange Freundschaft. Was redete ich denn da? Maßte mir an, sie zu kritisieren, ihre Worte in Frage zu stellen.

»Ich rede nicht gern über mich, reicht das?«

Ihre Augen blitzten, als spiegelten sich Sterne auf der Iris. Zertrat ich soeben die kleine Knospe des Vertrauens, das sie mir schenkte? Etwas drängte mich, nicht locker zu lassen.

»Für einen Small-talk ja!«

Ich war im Begriff aufzustehen.

»Warte!«

Bittend sah sie mich an.

»Es ist verrückt, ich kenne dich kaum und du bist mir schon so vertraut«, sie stockte, »das ist mir noch nie passiert.«

»Mir geht es genauso. Vielleicht habe ich zu viel erwartet, aber ich werde das Gefühl nicht los, dass du mit jemandem reden willst.«

Die Frau, die mich ansah, als wäre ich ihr Rettungsring, brachte gerade mein Schiff zum Kentern. Denn der Eisberg, auf dem es schon so lange festsaß, schmolz.

»Das will ich auch, aber mein Misstrauen macht mir jedes Mal einen Strich durch die Rechnung. Vorhin habe ich dich für so eine Partylöwin gehalten, die über andere lästert. Frauen können so missgünstig sein, aber du bist anders. Du hast nachgefragt und dich nicht mit dem zufrieden gegeben, was ich dir erzählt habe. Obwohl das ganz schön gefährlich werden kann.«

Was meinte sie? Das, was ich vermutete? Ich versuchte die Situation herunterzuspielen.

»Test bestanden?«

Sie nickte und berührte meinen Arm.

Wir saßen an diesem Abend bis spät in die Nacht zusammen und bevor sie ging, gab sie mir ihre Telefonnummer. Am nächsten Tag rief ich sie an.

Jeder Mensch sucht sich seine Gesellschaft selbst aus und ich fühlte, dass sie nicht eine Bekannte von vielen sein sollte. Ihre Augen zogen mich magisch in einen dunklen Tunnel, an dessen Ende ich ein Licht sah. Nur wusste ich nicht, ob der Weg dort weiter ging oder ob ein Abgrund folgte.

An einem Freitagabend fuhr ich zu ihr. Sie wohnte in der Oststadt. Mit einer Flasche Martini unter dem Arm stieg ich in den Fahrstuhl und drückte den achten Stock. Ich war ausgesprochen nervös, fast wie beim ersten Rendevous. Würde sie mir das gleiche Zutrauen entgegenbringen wie an jenem Abend? Als ich ihre Wohnung betrat, legte sich meine Aufregung. Sie begrüßte mich freudestrahlend und führte mich durch den winzigen Flur ins Wohnzimmer, nicht viel mehr als ein Sitz-, Ess- und Schlafzimmer.

»Setz dich, ich mach uns einen Kaffee.«

Zurück im Flur trat sie an die kleine Küchenzeile, die sich in einer Nische befand. Der Raum war erfüllt vom Duft ihres Parfums. Wir hörten *Cher's love and understanding*. Interessiert sah ich mich im Zimmer um. Ich suchte etwas, was mir half, diese Frau besser zu verstehen, doch nichts Persönliches ließ auf ihren Charakter schließen. Langweilige Trivialliteratur verstaubte im Regal.

»Was liest du denn so?«

Doch nicht etwa das, was hier stand.

»Nenn mir ein gutes Buch und ich werde es lesen.«

Sie kam mit zwei Kaffeetassen zurück.

»Kommt darauf an, was dich interessiert. Ich lese vorwiegend Frauenliteratur.«

»Klingt gut, kannst du mir eins empfehlen?«

Prima, Conny, das hast du ja blendend hinbekommen. Wie sollte ich mich da herausmanövrieren.

»Ich schau mal zu Hause nach.«

Würde ich dadurch zu ihr vordringen? Die Anspielungen auf ihre Beziehung am Abend der Party bereiteten mir Kopfzerbrechen. Ich fand Parallelen zu meiner Ehe, zu meinen geheimsten Gedanken, die ich seit der Trennung von Bea nie mehr auszusprechen wagte. Jedes Wort, jede Geste von ihr verstärkten meinen Eindruck, dass wir unser Schicksal teilten. Es war viel zu früh, darüber zu reden, doch das Gespräch würde eines Tages stattfinden.

»Und, wie läuft es mit Peter?«

»Im Moment nicht so gut, ich fühle mich von ihm eingeengt. Immer soll ich nur für ihn Zeit haben. Wenn er abends von Freunden zurückkommt, erwartet er, dass ich zu Hause am Telefon sitze und auf seinen Anruf warte. Manchmal habe ich das Gefühl, er würde mich am liebsten in eine Glasvitrine stellen und nach Belieben herausholen. Aber ich will das nicht mehr. Ich habe es satt, mir von irgend jemandem Vorschriften machen zu lassen.«

»Sag es ihm, bevor er sich daran gewöhnt.«

»So einfach ist das nicht. Peter reagiert auf Kritik sehr empfindlich und er redet so auf dich ein, dass du ihm zum Schluss auch noch recht gibst. Ich möchte ihn aber nicht verlieren, sonst zweifle ich langsam an mir selbst.«

»Wieso?«

»Manchmal glaube ich, zu einer Beziehung nicht fähig zu sein. Mit einem Menschen jahrelang zusammenzuleben erscheint mir utopisch. Dabei will ich auch irgendwann heiraten, Kinder bekommen ...« Sie lachte unsicher. »So bin ich erzogen worden.«

»So sind wir alle erzogen worden, doch das funktioniert nicht immer.«

Ich wollte weiter reden, mich ihr anvertrauen, doch ich glaubte sie zu überfordern.

»Ich habe auch Phantasien, die nicht mit dem realen Leben harmonieren, aber ich lass sie da, wo sie sind, in meinem Kopf.«

Wahrscheinlich in der hintersten Ecke. Redete ich es mir nur ein, oder lag ich bei ihr richtig? Gib mir ein Zeichen, Vera.

Ich fragte sie, ob sie glücklich sei mit ihrem Leben. Oft genug hatte ich selbst mir diese Frage gestellt und keine Antwort gefunden. Durch sie könnte ich zu mir finden.

»Vielleicht habe ich eine falsche Vorstellung von Beziehungen, ich meine, von den Gefühlen. Versteh mich nicht falsch. Ich liebe Peter, sicherlich, aber wenn das alles ist?« Diese Vertrautheit zwischen zwei Menschen, die sich gerade erst kennen gelernt hatten, erschreckte mich. Gleichzeitig konnte ich der Versuchung nicht widerstehen, noch einen Schritt weiter zu gehen.

»Kann es sein, dass du in Rätseln sprichst?«

Sollte das Unglaubliche eingetreten sein, das Bea mir damals prophezeite?

»Ich suche etwas und weiß eigentlich nicht genau, was.« Sie sah mich an und wartete auf eine Antwort. Eine Antwort, die ich ihr noch nicht geben konnte. Zu früh und ich würde alles kaputt machen.

Der Sekundenzeiger auf meiner Uhr leistete Akkordarbeit. Unaufhaltsam drehte er seine Runden und nahm keine Rücksicht auf unser Zusammensein. Halb drei und ich wollte nicht gehen. Wann sah ich sie wieder? Der Gedanke, ein oder zwei Wochen von ihr getrennt zu sein, verursachte Beklemmungen in meiner Brust. Nichts trieb mich nach Hause zu meinem Mann. Ich seufzte.

»Ich glaub, ich muss langsam heim.« Die Zeit erwies sich als Feind.

»Du kannst auch hier bleiben. Die Couch kann ich ausziehen. Hast du nicht sowieso genug getrunken?«

»Ausgerechnet heute habe ich meinen Übernachtungskoffer nicht dabei.«

Den Gedanken durfte ich gar nicht weiter spinnen.

»Nächstes Mal, dann sage ich Wolfgang vorher Bescheid.«

»Na o.k., das Angebot steht.«

Sie erhob sich und brachte mich zur Tür.

»Das müssen wir wiederholen.«

»Ja, auf jeden Fall.«

Ich wollte ihr die Hand geben, aber sie nahm mich in den Arm. Eine Sekunde zu lang.

»Wir telefonieren.«

»Ja, die Tage. Mach's gut, Vera.«

Sie sah mir nach, bis ich in den Fahrstuhl stieg.

Ich fuhr durch die Nacht, die sich anschickte, mit ihrer Dunkelheit gerade Erlebtes zuzudecken, der Wirklichkeit einen Schleier aufzulegen. Der Duft ihres Parfums ruhte auf meiner Jacke und ich spürte noch die weichen Konturen ihres warmen Körpers. Eine impertinent dröhnende Hupe zwang mich, meine Aufmerksamkeit für einen Augenblick auf den Straßenverkehr zu richten. Die Ampel hatte längst auf grün umgeschaltet. Meine Gedanken nächtigten bei ihr, warteten, bis sie aus dem Bad ins Zimmer trat und sich ins Bett legte. Weiße Laken bedeckten ihren nackten Körper, als ich das Tor zu unserer Einfahrt erreichte.

Phantasien, die nach der Wirklichkeit griffen. Da saß die Rebellin in ihren Ketten und lächelte hoffnungsvoll.

8

Eigenartig, wie ein voller Terminkalender seine Wirkung verliert, wenn die Eintragungen nicht mehr wichtig sind. Ich stahl jede verplante Minute und schenkte sie Vera. Keine Woche verging, ohne dass wir einander sahen, und das Telefon wurde zu unserem Verbündeten. Wenn sie morgens aus der Nachtschicht kam, klingelte es bei mir im Büro. Ihre Stimme ergoss sich in mein Ohr, lief die Venen hinab und klopfte an mein Herz. Gefühle, eingeschlossen in Kammern, die sich zum Bersten dehnten.

Die Autobahn krümmte sich unter der Lawine der Blechvehikel, doch Vera und mich interessierte es nicht, wann wir unser Ziel erreichten. Ihre Eltern erwarteten uns gegen Abend und sie wollte mit mir das Wochenende verbringen. Das Radio lief und Joe Cocker sang: ... *you give a reason to live*. Sonnenstrahlen stibitzten hinter dunklen Wolken hervor und tänzelten auf nassem Asphalt. Sie saß neben mir und 56 Stunden klangen wie eine Woche, doch nach Ablauf dieser Zeit würde der Geschmack von Sekunden verbleiben.

»Ich habe das Buch gelesen.«

Veras Blick schweifte über flache, von Zäunen und Gräben begrenzte Felder. Die Bäume bogen sich im Sturm und gaben nicht auf, sich zu wehren.

»Du hast mir nicht gesagt, dass es um zwei Frauen geht, die sich lieben.«

»Hat es dir denn gefallen?«

Ich wagte nicht sie anzusehen. Nach einem halben Jahr des Kennenlernens der Versuch, sie mit meinen Ahnungen zu konfrontieren.

»Sehr! Glaubst du, dass es wirklich so ist?«

Ihr Kopf neigte sich zu mir.

»Ich weiß es nicht.«

Die Scheibenwischer leisteten Schwerstarbeit gegen peitschende Regentropfen und mir wurde heiß. Ich drehte die Heizung herunter. »Hast du schon mal daran gedacht?« Ich bewegte mich auf dünnem Eis und jeder Schritt konnte zum Einbruch führen.

»Conny, ich habe noch nie mit jemandem darüber gesprochen und ich weiß nicht, ob es hilft, mit dir zu reden.«

»Ich denke, zu reden hilft immer, denn erst wenn du Gefühle aussprichst, gibst du ihnen durch die Worte eine Bedeutung und kannst offen darüber nachdenken. Ansonsten lasten sie schwer wie Blei auf deiner Seele.«

Ich konstruierte eine Philosophie, die ich selbst nicht lebte. Vera begann sich mir zu öffnen. Jetzt lag es an mir, zu versuchen, einen Fuß in den schmalen Spalt zu zwängen, oder zu warten, bis sie heraustrat.

»Was hab ich davon, über Gefühle zu reden, wenn ich sie nicht leben kann. Indem ich sie ausspreche, rükken sie nur noch mehr ins Bewusstsein und quälen mich unnötig.«

»Und so quälen sie dein Unterbewusstsein. Findest du das besser?«

Im Auto wurde es allmählich ziemlich eng.

»Es sind doch nur Phantasien.«

»Unerfüllte Wünsche, würde ich sagen.«

»Nicht jeder Wunsch geht in Erfüllung.«

»Doch, wenn du es willst.«

»Magst du was essen?«

Sie kramte in ihrem Korb nach einer Brotschnitte und drehte die Thermoskanne auf. Ich fühlte mich wie ein Dummy, der immer wieder gegen eine Mauer prallte.

»Hast du es zu Ende gelesen?«

»Ja, natürlich. Hier, beiß ab.«

Sie hielt mir das Wurstbrot direkt vors Gesicht.

»Vera, du bist unmöglich.«

Und schon hatte ich den Mund voll.

»Du lässt nicht locker, wie?«

Grinsend nahm sie einen Schluck aus dem Kaffeebecher.

»O.k., dann frage ich jetzt nicht mehr.«

»Conny«, sie seufzte, »es war ein wunderbares Buch und ich habe keine drei Tage gebraucht, aber es belastet mich darüber nachzudenken.«

»Du verdrängst es lieber.«

»Ja allerdings, damit habe ich bisher gut gelebt. Seit ich dich kenne ...«

Sie zündete eine Zigarette an und blies mir den Rauch ins Gesicht.

»Kommt vieles wieder hoch.«

»Hast du dich schon mal in eine Frau verliebt?«

»Nein. An der nächsten Ausfahrt müssen wir runter.« Die Sachlichkeit in ihrer Stimme nahm mir den Mut, das Gespräch fortzuführen.

Das Haus ihrer Eltern entpuppte sich als eine Jugendstilvilla. Der vom Zahn der Zeit gezeichnete schmiedeeiserne Zaun, bedrohlich mit seinen bajonettartigen Spitzen, fasste schützend das an einem kleinen Bach gelegene Grundstück ein. Ein schmaler Weg führte zum massiven Eichenportal des Hauses. Steinerne Rankenpflanzen umrahmten den Eingang und der mosaikverzierte Fußboden im Inneren verwirrte meine Augen. Wie Wächter leuchteten die Kerzenständer an den Wänden jedem Eintretenden ins Gesicht.

»Lass dich nicht erschlagen von zu viel Eisen und Stein. Das Haus ist alt und renovierungsbedürftig, das Erbe meiner kauzigen Großmutter. Sie wirkte nach außen auch bedrohlich, aber ich konnte sie um den Finger wickeln.« Sie stellte ihre Tasche ab und öffnete eine Tür. Ich folgte ihr. In der Küche stand ihre Mutter und bereitete das Abendessen vor. Überrascht von unserem Eintreten nahm sie ihre Tochter in die Arme und begrüßte mich mit anfänglicher Zurückhaltung, die sich aber im Laufe des Abends legte.

»Endlich lerne ich Sie kennen. Meine Tochter hat schon viel von ihnen erzählt.«

Wenngleich sie fast fünfzig sein musste, wirkte sie jugendlich in ihren Jeans. Die dunkelbraunen kurzen Haare unterstrichen auffallend ihre klassischen Gesichtszüge. Lange sehnige Finger griffen nach Gläsern und einer Flasche Sekt.

»Setzt euch. Dass meine Tochter mal wieder nach Hause gefunden hat, ist Grund genug, eine Flasche Sekt zu köpfen.«

Ihre Stimme klang wie die ihrer Tochter.

»Ich freue mich, Sie kennen zu lernen.«

Und das meinte ich wirklich.

»Hallo, meine Damen!«

In der offenen Tür stand Veras Vater mit einem Korb voller Lebensmittel. Ein kleiner, etwas untersetzter Mann mit beeindruckender Glatze. Zufrieden zwinkerte er seiner Frau zu, als er Vera erblickte.

»Darf ich vorstellen, der Herr des Hauses.«

Sie umarmte ihren Vater und sagte zu mir gewandt: »Das ist Conny, meine Freundin.«

Ich fühlte mich geschmeichelt, wie sie es betonte.

Den Rest des Abends verbrachten wir mit Veras Eltern in der gemütlichen Küche.

»Deine Eltern sind nett.«

Wir lagen auf dem Bett in ihrem Zimmer und leerten die letzte Flasche Sekt. Um kurz nach eins hatten wir uns zurückgezogen. Vera drängte mich mitzukommen, da sie meinte, ohne meine Hilfe die Treppe nach oben nicht bewältigen zu können. Letztendlich gaben wir uns gegenseitig Halt.

»Ja, aber manchmal nerven sie auch. So tolerant können Eltern gar nicht sein, auch meine nicht.«

Es fiel ihr hörbar schwer, die Worte zu formen, und ich musste grinsen, denn so betrunken hatte ich sie noch nicht erlebt.

»Das Privileg der Eltern ist die Intoleranz gegenüber ihren Kindern. Vorausschauend planen sie für ihre Zöglinge nur das Beste. Alles, was Probleme macht oder ihrem Nachwuchs schaden könnte, wird ignoriert oder bekämpft, denn sie kennen die Grausamkeit der Gesellschaft, wenn du nicht nach ihren Spielregeln lebst. Nur fragen sie dich nicht, wie du dich dabei fühlst.«

»Das ist mir jetzt zu hoch. Warum drückst du bloß alles so kompliziert aus?«

»Weil es so ist. Wir reden seit Wochen um den heißen Brei herum und wissen beide, worum es geht. Rede endlich mit mir.«

Ich verfluchte den leidenschaftlichen Unterton in meiner Stimme.

»Ich kämpfe noch.«

Was die Worte noch verneinten, bejahte längst ihr Blick, doch wir zertrümmerten zwischen uns erst jeden Stein der Mauer, die wir beide einreißen wollten.

»Schlaf jetzt.«

Sie legte ihren Kopf an meine Schulter und nach kurzer Zeit vernahm ich ihre ruhigen Atemzüge. Ich war im Begriff eine Situation zuzulassen, deren Konsequenzen ich mich eines Tages stellen musste.

Der nächste Morgen überzeugte mich davon, dass es das Beste war, das Leben im Hier und Jetzt zu genießen. Wolken und Regen waren vom Wind weggerissen und der Himmel schimmerte endlos blau. Durch das offene Fenster hörte ich schimpfende Spatzen und diskutierende Krähen, die keine Rücksicht auf schlafende Menschen nahmen. Wahrscheinlich war ich die Letzte, die sich den Schlaf aus den Augen rieb. Im Haus herrschte eine Unruhe, die mich in der nächsten Sekunde vereinnahmte. Pfeifend kam Vera, in ein riesiges Handtuch gewickelt, ins Zimmer.

»Oh, hab ich dich geweckt?«

Abrupt blieb sie stehen, lächelnd, verführerisch. Sie war sich der Wirkung auf mich bewusst.

»Du spielst mit dem Feuer.«

Ich schlug die Bettdecke zurück und ging auf sie zu. Die nassen Haare trug sie zu einem Turban gewickelt. Wassertropfen perlten von ihrem nackten Rücken und der Geruch von Zedernholz und Vanille wehte um meine Nase. Ohne zu überlegen warf ich sie aufs Bett, beugte mich über sie und hielt ihre Arme fest. Das Handtuch löste sich und ihre Haare fielen feucht auf das Kissen. Was für ein Anblick! Sie wehrte sich, bäumte sich mir entgegen, doch ihre Kraft reichte nicht aus, mir zu entkommen. Ich will dich, Vera, mehr als alles andere. Wie konnte ich all die Jahre nur so blind sein. Ich begehrte eine Frau und ich sehnte mich nach ihrer Berührung.

»Ich bin stärker als du.«

Ihre leicht geöffneten Lippen weckten mein Verlangen, sie zu küssen, ihre Lippen zu liebkosen.

»Lass mich los.«

»Und wenn nicht?«

»Bitte, Conny, ich will mich anziehen.«

Sie las meine Gedanken. Meine Blicke waren eine einzige Liebeserklärung an sie. Jeder Muskel in mir litt schmerzhaft unter der Anspannung, sie nicht berühren zu dürfen.

Ohne noch etwas zu sagen, ließ ich von ihr ab und suchte das Bad.

»Die zweite links.«

Veras Mutter kam mir auf der Treppe entgegen.

»Danke und guten Morgen.«

Mit einem Lächeln entwischte ich ins Bad. Die Zeit rannte mir davon. Noch einen Tag und eine Nacht mit ihr, bis ich wieder dem Druck ausgesetzt war, eine ganz normale Ehefrau sein zu müssen. Einen Fernseher konnte man abschalten, einen Wasserhahn abdrehen, alles ließ sich abstellen, nur meine verdammten Gefühle nicht. Ich sah in den Spiegel und sah nicht mich. Was machst du aus deinem Leben? Spielst anderen eine schlechte Komödie vor, lässt dir das Drehbuch schreiben. Der Text ist tausendmal auswendig gelernt, seit deiner Kindheit. Eine mäßige Schauspielerin.

»Brauchst du noch lange? Das Frühstück ist fertig.«

Vera klopfte an die Tür und verwirrte mit diesem Timbre in ihrer Stimme meine Gedanken.

»Kann ich reinkommen?«

Bevor ich zustimmte, spürte ich auch schon ihre Hand auf meiner Schulter.

»Kommst du?«

»Zwei Minuten noch.«

»Okay, ich geh runter.«

Ihre Finger streiften wie selbstverständlich über meinen nackten Rücken und die kleinen Härchen im Nacken stellten sich auf. Funken sprühten und die Zündschnur wickelte sich um meinen Körper. Keine Sekunde länger wollte ich im Bad mit frustrierenden Gedanken verschwenden. Das Wochenende gehörte ihr.

Der Duft von frischen Brötchen und aufgebrühtem Kaffee erinnerte mich daran, was für ein Hunger in meinem Magen tobte. Veras Mutter hantierte mit Gewürzen und ließ die Spiegeleier mit Speck in der Pfanne brutzeln.

»Wir lieben amerikanisches Frühstück, wie steht's mit Ihnen?«

Erwartungsvoll blickte sie zu mir herüber.

»Danke, ist mir nur recht.«

Der Gedanke, sie wüsste, wie ich für ihre Tochter empfinde, machte mich verlegen und es fiel mir schwer, ihr in die Augen zu sehen.

»Was hältst du von einem Spaziergang? Hier in der Nähe ist ein Naturschutzgebiet, direkt an der Elbe.«

Die Idee beflügelte meine Phantasie. Allein mit ihr an der Böschung eines Dammes liegen, dem Geräusch des Wassers lauschen, die Vögel am Himmel beobachten, wie sie durch die Lüfte segeln.

Der Tau tropfte noch von den scharf geschnittenen Schilfblättern und die braunen Flaschenputzer regten sich im kalten Morgenwind. Fröstelnd hakte sich Vera bei mir ein und ich presste ihren Arm gegen meine Brust. Der Sonne fehlte noch die Kraft, hatte sie auch die dunklen Wolken der Nacht bezwungen.

»Was ist das für eine Freundschaft, die uns verbindet?«

»Ich weiß es nicht, Conny. Ich habe keine Vergleichsmöglichkeiten. Du bist für mich sehr wichtig geworden, vielleicht sogar wichtiger als Peter. Kannst du mir sagen, was es ist?«

Das Balancieren auf einem Hochseil unter der Zirkuskuppel war ein Kinderspiel, verglichen mit dieser Diskussion.

»Sie ist zu intensiv, als dass ich nur von Freundschaft sprechen kann. Die Zeit mit dir, das Wochenende, ich habe mich so danach gesehnt.«

Mein Blick berührte sie nicht, fast scheu wandte ich mich von ihr ab und schritt ans Ufer, doch sie folgte mir.

»Mir ging es genau so.« Sie stand hinter mir und legte sanft ihr Kinn auf meine Schulter. Unausgesprochene Worte. Tiefste Empfindungen, gefangen hinter tausend Schlössern, deren Schlüssel ich verzweifelt suchte. Hilf mir, sie zu finden, Vera, lass uns diese laute Stille bezwingen, um endlich Luft zu bekommen. Meine Haut brennt und jeder Tropfen Blut kocht in mir vor Verlangen, dich zu berühren. Lösche meine Qualen mit feuchten Küssen und dem Duft schweißgebadeter Körper, die sich nach einer lustvollen Nacht aneinander reiben.

Kraftlos hingen mir die Arme von den Schultern und ich starrte auf ein Stück Holz, das an uns vorüber trieb.

»Gib mir Zeit, Conny, ich kann meine Gefühle für dich noch nicht in Worte fassen und ich habe Angst.«

»Wovor?«

»Vor dem, was ich nicht mehr kontrollieren kann.«

Sie senkte ihre Lider vor meinem fragenden Blick.

»Lass uns zurück gehen, wir werden zum Mittagessen erwartet.«

Für einen Moment nahm sie meine Hand, um mich wieder auf den Weg zu führen.

Abends wollte Vera unbedingt in den Ort hinunter. Ich sollte ihr Lieblingsweinlokal kennenlernen. Hoffentlich trafen wir dort nicht alte Schulfreundinnen von ihr. Wir blieben draußen, an einem der Tische unter den Bäumen. Sie schaute mich schweigend an. Schon während des Spazierganges hatte sie kaum ein Wort gesagt.

»Was ist los mit dir, Vera?«

»Ich würde gern noch länger bleiben.«

»Ist ja auch immer wieder schön zu Hause.«

»Nein, es ist, weil du da bist.«

Ich schluckte verlegen.

»Meine Eltern mögen dich sehr. Peter wird eher geduldet, sofern er mal mitkommt.«

Sie würden mich nicht mehr mögen, wenn sie wüssten, dass ich mich in ihre Tochter verliebt habe.

»Mein Vater hat sich köstlich über dich amüsiert, als du unseren Dialekt nachgemacht hast.«

Sie schüttelte den Kopf und lächelte zu mir herüber. Ihre Hände umschlossen das Weinglas.

»Ich bin so froh, dass wir uns kennengelernt haben, aber du verlangst ziemlich viel von mir.«

»Ich erwarte nur Ehrlichkeit.«

»Ja, ich weiß.«

»Lass uns das Thema wechseln. Erzähl mir lieber von dir und deinen Eskapaden in diesem verschlafenen Dorf.«

Ich liebte es ihr zuzuhören und sie dabei zu ertappen, wie sie krampfhaft versuchte, ihren Dialekt zu verheimlichen. Die Kellnerin brachte die vierte Runde Wein und Vera schwelgte in Erinnerungen.

»Genug! Wir müssen nach Hause, es ist halb eins und ich friere gleich auf dem Stuhl fest.«

Sie stand auf, schwankte leicht und legte das Geld auf den Tisch.

»Du bist eingeladen.«

»Danke, aber das wollte ich übernehmen.«

»Hauptsache, du wirst dich mit mir nicht übernehmen.« Tänzelnd schritt sie vor mir her und die Kraft des Rebensaftes zeigte seine Wirkung. Eingehakt benötigten wir eine halben Stunde bis zum Haus ihrer Eltern.

»Wir müssen leise sein, die schlafen schon.«

Sie legte den Finger auf die Lippen und versuchte auf Zehenspitzen die Treppe zu erklimmen. Stolpernd verlor sie das Gleichgewicht und fiel mir in die Arme.

»Alles Absicht, Conny.«

»Vera, du bist vielleicht ein wenig betrunken.«

Ich musste lachen.

»Nicht!«

»Ist ja schon gut.«

Endlich hatten wir das Zimmer erreicht. Leise drückte sie die Klinke herunter, doch durch eine Windböe glitt sie ihr aus der Hand und die Tür knallte lautstark zu. Kichernd sackte sie zu Boden und ich ging vor Lachen in die Knie.

»Dieses blöde Fenster.«

»Ich darf bestimmt nie wieder kommen.«

»Du verdirbst ihre Tochter.«

»Ständig ist sie betrunken und raucht wie ein Schlot. Die ganze Erziehung ist dahin.«

Plötzlich verstummte ihr Lachen. Ihre Nasenspitze berührte meine Wange. Ich zitterte innerlich, atmete ihren Duft. Meine Glieder waren wie erstarrt. Gedanken, die ihren Hals zärtlich küssten. Das Grün ihrer Augen spiegelte ein sehnsuchtsvolles Verlangen. Blicke tanzten zu einer Musik, die uns alle Hemmungen entriss, schweben ließ in Sphären der Lust.

»Lass uns ins Bett gehen, ich bin müde.«

Erwacht aus einem Traum.

»Vera.«

»Bitte, ich kann nicht.«

Das Wochenende war vorbei. Zu viele Erwartungen, aufgestaut in einem Wehr, das überzulaufen drohte. Der Abschied von ihr fiel mir unendlich schwer, jede Minute wollte ich hinauszögern, sie bei mir behalten. Die Stunden der Rückfahrt vergingen so schnell, wie die Autos an uns vorbei rasten. Warum war kein Stau? Einmal, wenn man einen braucht. Vielleicht noch ein Kaffee in einer der Raststätten?

»Ich rufe dich an.«

Zu viel Unausgesprochenes in ihrem Blick.

9

An dem Begriff *Weiberabend* gab es für uns Frauen nichts auszusetzen, schließlich hatten wir unseren monatlichen Frauenabend so getauft und nicht die Männer. Das Programm wechselte, von Essengehen über Disko bis zu einem gemütlichen Abend zu viert. Greta brachte ihre Arbeitskollegin Meike mit, und ich, wie sollte es anders sein, Vera. Vor lauter Verzweiflung trafen sich die Männer an den gleichen Abenden zur Doko-Runde. Gretas erster Eindruck von Vera war einer Revision unterzogen worden, nachdem sich die beiden bei einer Flasche Prosecco ihre Vorurteile an den Kopf geworfen hatten. Vera ließ sich künftig von Greta modisch beraten und Greta wurde darüber belehrt, dass der äußere Schein oftmals trügt und nicht das Geringste über den Charakter aussagt.

Dicker Wasserdampf waberte durch das Badezimmer, als ich fröstelnd aus der Dusche stieg. Tropfen, rannen über mein Gesicht. Ich fönte den Spiegel trokken, betrachtete mich darin und versuchte mit den Fingern die kleinen Fältchen glatt zu streichen. In drei Monaten würde ich die magische Grenze durchbrechen. Dreißig klang wie fertig, wie abgeschlossen. Mich beschlich der quälende Gedanke, dass sich nichts mehr ändern ließ. Dabei schuldete ich noch einer Vielzahl an Träumen das Leben. Wütend fuhr ich mit der Bürste durch meine kurzen Haare. Eines Tages schimmern sie grau und aus Fältchen werden Falten. Steh ich dann immer noch hier und stelle mir die gleichen Fragen, ob ich das richtige Leben gelebt habe? Seit der Fehlgeburt regte sich in mir der Verdacht, gegen meine Natur zu kämpfen. Mehrere Versuche wieder schwanger zu werden scheiterten, und wurden durch unzählige B-Tests besiegelt. Hoffnung und Verzweiflung wechselten sich ab. Der Wunsch nach einem Kind verblasste in einem undurchsichtigen Nebel, immer weniger ertrug ich die Tatsache, dass sich mein Körper dagegen sperrte. Mit Wolfgang zu schlafen entwickelte sich zu einem angstvollen Akt, und das Warten auf die monatliche Bestätigung meiner Unfähigkeit strapazierte mehr und mehr unsere Beziehung. Ich begann mich zu verweigern, erfand Ausreden, provozierte Streit ohne Grund, sobald er sich mir näherte. Mit schlechtem Gewissen hielt ich ihn auf Distanz. Meine Gefühle zogen einen Graben zwischen ihm und und mir – und bauten eine Brücke zu Vera. Das Wochenende mit ihr bekräftigte mich darin, zu versuchen dorthin zu gehen, wo ich mich wohl fühlte, das Verdrängte, Eingesperrte herauf zu holen, frei zu legen.

Mit ruhiger Hand zog ich den Kajalstift über das untere Augenlid. Ich wollte mich für Vera hübsch machen. Gleich halb acht, jeden Moment würde sie klingeln, um mich abzuholen. Zwei Wochen nicht gesehen. Mir war nicht nach einem Videoabend bei Meike. Ich wollte sie für mich allein haben, wie hatte ich sie vermisst! Keine Minute zu spät stand sie vor der Tür. Ich öffnete ihr, lächelte sie an und spürte ihren warmen Blick. Erst zögerte sie, doch dann fiel sie mir in die Arme, drückte mich an sich.

»Wie war dein Urlaub, so ganz allein?«

Braungebrannt, in einem hautengen schwarzen

Overall, der ihre Konturen uneingeschränkt zur Geltung brachte, stand sie vor mir. Ihre langen Haare schimmerten nass. Mit einem Blick wusste ich, dass ich diese Frau über alle Maßen begehrte. Und dass ich es ihr nicht verhehlen wollte. Sie registrierte diesen Moment des Erkennens. Die Geschichte, die unsere Augen erzählten, kam ganz ohne Worte aus.

»Ich erzähl dir alles in einer ruhigen Minute, lass uns jetzt zu Meike fahren.«

Während der Autofahrt unterbrach nur die aus dem Radio tönende Musik unser Schweigen. Mein Herz raste, die Hände waren feucht. Ich sehnte mich danach sie zu berühren. Als wir die Treppe zu Meikes Wohnung hinauf gingen, strich sie über meine Hand. Meike, das Steh-auf-Girlie, öffnete uns die Tür. Ihre rotbraunen Haare rochen nach ihrem schwulen Friseur und die Wimpern glänzten frisch gefärbt.

»Kommt rein, Mädels, Greta hat soeben die zweite Flasche Sekt geköpft und wenn ihr euch nicht beeilt, bekommt ihr auch davon keinen Tropfen mehr ab.«

»Stell mich nicht immer als Saufziege hin, Teuerste.«

Mit einer schwungvollen Geste nahm Greta zuerst mich und dann Vera in den Arm.

»Vera, ein gewagtes Teil, was du da trägst. Mit diesem Dekolleté solltest du dich nachher nicht mehr auf die Straße begeben.«

Meike stieß einen Seufzer aus.

»Gut, dass hier nur Frauen sind.«

Ich mußte mir ein Schmunzeln verkneifen und folgte Greta ins Wohnzimmer, das nur durch den Schein der Kerzen beleuchtet wurde. Wie selbstverständlich setzte sich Vera neben mich aufs Sofa. Das einzig bequeme Sitzmöbel in diesem Raum. Meike lag in einem neongrünen Partysack, späte Siebziger, und Greta suchte Halt in einem Wassily.

»Nichts gegen diesen Stuhl, Meike, aber für eventuell eintretende Haltungsschäden schuldest du mir jetzt schon einen Martini auf Eis, und bitte mit Olive. Schwarz!«

»Gute Idee, Greta, ich nehme auch einen, aber ohne alles.«

Vera drückte ihr Bein gegen das meine und ich erwiderte den Druck. Meike, eine brillante Gastgeberin, kredenzte uns den Martini, stellte eine Schüssel Chips und Oliven auf den Tisch und reichte zu unserem Erstaunen ein Tablett mit Snacks.

»Das wär doch nicht nötig gewesen.«

»Wieso denn, ich habe Hunger.«

Lustvoll fingerte sich Greta ein kleines Lachsbaguette aus der Mitte. Kopfschüttelnd legte Meike die Videokassette ein.

»Nur zu deiner Information, Greta, *Grüne Tomaten* ist keine Kochsendung.«

»Sehr witzig!«

Die Worte vermischten sich mit dem leckeren Schnittchen. Vera zog ihre Schuhe aus, griff sich ein Kissen und legte sich der Länge nach auf die Couch.

»Ach das ist ja nett, und ich?«

»Du passt hier auch noch mit hin, komm schon.«

Ich genoss die wohlig-bequeme Lage zwischen ihren Beinen. Mein Kopf ruhte auf ihrem Schoß. Der Vorspann lief und ich freute mich auf die nächsten zwei Stunden. Ein Film, der eine offensichtliche Frauenliebe als eine lediglich intensive Frauenfreundschaft darstellte. Vera musste es auffallen. Bei dem Versuch den Arm hinter meinen Kopf zu legen, berührte ich mit den Fingerspitzen unabsichtlich ihre Hand. Ich zuckte zurück, doch ich spürte das Verlangen, es wieder zu tun. Nur diesmal würde sie merken, dass es Absicht war. Wenige Zentimeter trennten mich von ihr, doch im Schatten der Kerzen fühlte ich mich von Greta und Meike unbeobachtet. Mein Puls überschlug sich und ich wagte kaum zu atmen. Ich konnte mich nicht mehr auf den Film konzentrieren. Meinen ganzen Mut legte ich in den kleinen Finger. Der Körper starr vor Angst, zurückgewiesen zu werden. Alles um mich herum hörte auf zu existieren. Sanft strich ich über einen ihrer Finger. Keine Reaktion, aber auch kein Rückzug. Trau dich, geh weiter, rief die Rebellin in mir. Ich musste Luft holen. Beherzt eroberte ich einen weiteren Finger. Grenzenloser Reiz, der mich anstachelte weiter zu gehen. Sie lässt es geschehen. Mein Herz raste, spürte sie seine Vibration?

Die Zeitlupe hätte für mich neu erfunden werden müssen. Die Schweißperlen rannen an meinen Armen herunter. Ich brauchte einen Löwenmut, um unaufhaltsam die Fläche ihrer Hand nachzuzeichnen. Langsam zog sie ihr rechtes Bein an und verdeckte die Sicht auf unsere Hände. Es dauerte eine kleine Ewigkeit, bis sie endlich meine Berührung erwiderte. Wie ein Blitz zuckte es durch meine Glieder. Sie wollte mich! Eine Mauer wurde niedergerissen. Süchtig nach mehr empfing ich ihr Streicheln. Anfangs noch ängstlich, wuchs auch in ihr bald der Wunsch weiter zu gehen. Die anderen beiden merkten nichts vom zärtlichen Miteinander unserer Hände. Aufgestaute Emotionen zwängten sich durchs Schlüsselloch.

»Sag mal, trinkt ihr gar nichts?«

Greta griff nach ihren Zigaretten auf dem Tisch.

»Gott, musst du mich so erschrecken!« Mein Herzschlag polterte wie nach vier Stockwerken zu Fuß.

»Ich mein ja bloß. Prösterchen!«

Lasziv spreizte sie den kleinen Finger vom Glas.

Vera tat es ihr nach und grinste mich verschwörerisch an.

»Towanda, Rächerin der Amazonen! Ich hätte den Kerl auch umgebracht!«

»Vera, so kenn ich dich ja gar nicht.«

»Niemand kennt mich wirklich.«

In einem Zug leerte sie ihr Glas und hielt mit der anderen Hand mein Handgelenk fest. Der Film hatte scheinbar seine Wirkung auf Vera nicht verfehlt. Sie verstand die Blicke und unausgesprochenen Worte zwischen Idji und Ruth sowie die Blindheit der Menschen um sie herum. Stoß sie mit der Nase drauf und sie sehen es nicht.

»Ist es der Martini?«

Skeptisch betrachtete Meike die Flasche.

»Wieviel hat sie schon getrunken?«

»Das war nur ein Aufschrei gegen die Männerwelt. Vera hat recht, wir dürfen uns nichts gefallen lassen.«

Greta erhob sich aus ihrem Sitzelement und streckte ihren Oberkörper.

»Es wird Zeit, dass wir unsere Glieder ausschütteln. Ich spür sie kaum noch.«

»Genau!«

Meike sprang auf, schaltete den Fernseher aus und das Licht an.

Hätten wir uns nicht die *Zehn Gebote* ansehen können? Der Film dauerte vier Stunden …

»Hilfe, ich zerfalle zu Staub!«

Schützend hielt ich meine Hände vor das Gesicht. Ich wollte nicht aufstehen, sie nicht loslassen.

»Seid nicht sauer, aber der Film reicht mir. Ich hatte die ganze Woche nach dem Urlaub Nachtdienst.«

Vera sah zu mir herüber und ihr Blick legte mir die Worte in den Mund.

»Mir geht es ähnlich, keine Disko mehr.«

Mit verschränkten Armen blickten sich Greta und Meike ungläubig an.

»Merkst du was, Meike, die beiden wollen allein sein. Pü, die wissen ja gar nicht, was sie verpassen!«

»Unsere Älteste kann nicht mehr so. Schließlich geht sie rasant auf die Dreißig zu. Bei Vera kann ich das ja verstehen.«

»Greta, wir sprechen uns in acht Monaten wieder.«

Jetzt nur keine Diskussion. Schnell zogen wir unsere Jacken an, wünschten den beiden viel Spaß und rannten die Treppe hinunter. Das Taxi wartete bereits. Wir setzten uns auf den Rücksitz und sie nahm meine Hand. Es war kurz vor Mitternacht.

»Fahren wir zu dir oder zu mir?«

»Zu mir. Wolfgang ist auf Geschäftsreise und kommt nicht vor morgen früh zurück.«

»Wusstest du, dass ich mitkomme?«

»Ich habe es gehofft, schließlich musst du mir noch von deinem Urlaub erzählen.«

Wir fuhren durch die Nacht, vorbei an leuchtenden Schaufenstern und flimmernden Reklameschildern. Bis zum Stadtrand waren es nur wenige Kilometer. Stereotype Einfamilienhäuser, umrahmt von kleinen Kunstwerken aus *Schöner Garten*. Grundstücke, eingefasst von weißen Friesenzäunen, pastellbraun gebeizten Holzrauten oder wuchtigen Hecken, die neugierigen Spaziergängern die Sicht auf den Traum vom Eigenheim nahmen. Im Nachhinein konnte ich froh darüber sein, dass ich mich auf Zureden meiner Mutter auf Gardinen im Wohnzimmer eingelassen hatte. Ganz besonders Dreiste blieben vor unserem Haus stehen und gafften mir auf den Esstisch. Wozu gab es Musterhäuser?

Ich schloss die Haustür auf, und Whisky freute sich, auf seine nächtliche Fressjagd gehen zu können. Er würdigte uns keines Blickes und verschwand protestierend in der Dunkelheit.

»Geh schon mal ins Wohnzimmer, ich hole die Gläser. Was möchtest du trinken?«

Vera entledigte sich ihrer Schuhe und wandelte barfuß über die Steinfliesen. Als ich kurz darauf das Zimmer betrat, brannte bereits eine Kerze auf dem Glastisch. Sie rekelte sich auf der ausladenden weißen Ledercouch, ließ ihren sinnlichen Körper in das dicke Daunenkissen sinken. So aufreizend zerwühlte sie ihre dunkle Mähne, dass mir die Luft wegblieb. Ihr Augenaufschlag – absolut provozierend.

»Den Overall habe ich nur für dich angezogen.«

Ich fühlte mich in meinen Gedanken ertappt. Lachend beugte sie sich vor und präsentierte mir ihr Dekolleté.

»Gut, dass hier nur Frauen sind.«

Sie hatte einen kleinen Schwips, denn nur dann traten ihre versteckten Sehnsüchte hervor und in ihrer Stimme schwang ein verruchter Unterton. Fordernd klopfte sie mit der Hand auf das Kissen.

»Komm, ich muss dir was erzählen.«

Ohne zu zögern legte ich mich zu ihr. Meine Hand umfasste wie selbstverständlich ihre Taille. Sie genoss meine Berührung und schmiegte sich liebevoll an mich. Meine Finger glitten über ihre Wirbelsäule, umspielten ihren Nacken.

»Ich habe im Urlaub mit dem Barkeeper vom Hotel geschlafen.«

Sie erzählte es, als würde es nichts Banaleres geben.

»Was?«

Ich stemmte mich auf den Ellenbogen und sah sie fassungslos an.

»Du lässt dich im Urlaub von einem wildfremden Mann vögeln?«

Die spontane Reaktion entzückte sie, doch ihr Grinsen wirkte zynisch.

»Wieso hast du das getan?«

Beruhigend zog sie mich an ihre Seite zurück.

»Jetzt flipp nicht gleich aus, ich erkläre es dir. Du weißt, Peter war mein erster Mann, und ich wollte einfach nicht wahrhaben, dass der Sex mit ihm alles sein sollte, verstehst du? Milde ausgedrückt, empfand ich dabei nicht viel.«

»Wolltest du deswegen eine Woche allein nach Ibiza?«

»Begreifst du denn nicht? Ich habe auch bei ihm nichts gefühlt. Es ist nicht das, was ich mir wünsche.«

Bei jedem Atemzug hob sich ihr wohlgeformter Busen. Ein Anblick, der mich außerordentlich reizte.

»Vielleicht hättest du dir lieber eine Frau suchen sollen.«

»Ja, vielleicht, aber das kann ich nicht, ohne Gefühle für diese Frau zu haben.«

Auf Verständnis hoffend sah sie mich an. Ich schluckte, bevor ich weitersprach.

»Hast du denn solche Gefühle für eine Frau? Ich meine, könntest du dir vorstellen, mit einer Frau zu schlafen?« Meine Fingerkuppen strichen über ihren Hals hinunter zu ihren nackten Schultern. Sanft berührte ich ihren Busen bis zum Rand des Stoffes. Sie schloss die Augen.

»Ja, und das weißt du auch. Du wusstest es von Anfang an, nicht wahr?«

Auf diese Offenheit hatte ich ein Jahr gewartet.

»Sicher war ich mir nie.«

Nicht länger war ich fähig zu unterdrücken, zu verdrängen. Nichts Abnormales, das verschlossen werden musste, sondern tiefste Gefühle, die ich nur mit ihr erleben konnte. Mit einer Frau. Seit Stunden lief dieselbe CD, denn keine konnte sich von der anderen auch nur für Sekunden lösen. Der Morgen versteckte sich nicht länger und die Sonne ging unbarmherzig über den Feldern auf.

»Ich wollte es schon an unserem Wochenende, aber ich konnte nicht, wegen meiner Eltern im Haus.«

Zaghaft näherte ich mich ihren Lippen, doch sie wich zurück.

»Conny, bedeute ich dir etwas?«

»Das weißt du doch.«

Sie richtete sich auf und hielt meinen Arm fest.

»Ja, weiß ich das? Du bist verheiratet, ihr werdet irgendwann Kinder haben. Vielleicht ist das hier nur ein Spiel für dich, um Abwechslung in den grauen Eheall-tag zu bringen.«

»Was redest du denn da? Du hast keine Ahnung, was ich mit Wolfgang durchmache.«

»Ich soll reden, dir alles sagen. Was weiß ich denn über deine Gefühle zu mir?«

»Was willst du? Sicherheiten? Die kann ich dir nicht geben, aber du bedeutest mir mehr, als ich verkraften kann.«

»Okay, dann geh ich jetzt. Ich will dich nicht überfordern.«

Ihr Gesichtsausdruck ließ keinen Zweifel darüber aufkommen, wie ernst sie es meinte.

»Vera, du verstehst mich falsch, bitte bleib!«

»Lass es uns nicht noch schlimmer machen. Noch haben wir uns nichts vorzuwerfen.«

Abrupt stand sie auf.

»Ach ja? Sprichst du von Taten oder von Gefühlen? Danach wäre ich nämlich schon zehnmal mit dir fremdgegangen.«

»Na, dann wollen wir es gar nicht erst dazu kommen lassen.«

Wütend zog sie ihre Schuhe an und riss ihre Jacke vom Kleiderbügel.

»Verdammt, Vera, kapier doch endlich.«

Ich hätte in dem Augenblick kapieren müssen, dass nur das Aussprechen meiner wahren Gefühle sie vom Gehen hätte abbringen können.

»Du willst deine Ehe nicht gefährden und das ist gut so. Diese kleine Affäre, die keine war, wird sie schon nicht aus der Bahn werfen. Machs gut.«

Krachend fiel die Tür ins Schloss und ich stand auf dem Flur, bemüht meine Beherrschung nicht zu verlieren.

»Ich liebe dich.«

Leise flogen die Worte über meine Lippen, so als hätte ich Angst, irgend jemand könnte mich hören. Warum konnte ich ihr nicht sagen, wie ich für sie empfinde? Dachte ich letztendlich genauso wie sie? Alles nur ein Spiel? Diese Kaltblütigkeit, mit der sie diesen Barkeeper ins Bett gezogen hatte, erschreckte mich. All ihre Blicke stellte ich plötzlich in Frage. Vielleicht sollte ich auch nur ein Versuch sein! Missverständnisse, kombinierbar wie Buchstaben in der Suppe. Für wen und was setzte ich hier meine Ehe aufs Spiel?

Es klingelte an der Haustür. Freudig erregt drückte ich die Klinke herunter.

»Rufst du mir bitte ein Taxi?«

Irritiert sah ich sie an.

»Du bist noch da?«

»Wie hätte ich denn wegkommen sollen?«

»Ja klar, Moment.«

Ich trottete ins Wohnzimmer und wählte die Nummer der Taxenzentrale.

»In zehn Minuten. Willst du wieder reinkommen?«

»Nein, ich warte draußen.«

»Na dann eben nicht.«

Ärgerlich warf ich die Tür zu, doch ich blieb im Flur sitzen, bis das Taxi sie abholte.

10

»Keine Verbindung mehr!« Dieser dämliche Computer warf mich aus dem Programm, sobald ich länger als zehn Minuten keine Daten abfragte oder eingab. Ich versuchte mich zu konzentrieren und starrte auf die Bilanzen eines Unternehmens, dessen Kreditwürdigkeit ich prüfen sollte. Die Vorlagemappe hatte mir mein Chef ohne Kommentar auf den Schreibtisch geknallt. Fünf von zehn Vorgängen nicht unterschrieben. Gesetzesgrundlage falsch, Kontenabschlüsse fehlerhaft. Alles in allem war ich dabei, meiner beruflichen Karriere ein Ende zu setzen. Es gibt ja auch nichts Wichtigeres als eine Gehaltserhöhung, wenn eine verheiratete Frau sich Tag und Nacht mit dem Gedanken an eine Frau herumschlägt, noch dazu, wenn das Objekt ihrer Begierde Funkstille hält. Zahlen verblassten und erschienen mir so unwichtig wie der Tratsch meiner Kolleginnen, wer mit wem und warum. Mit welch einfältigen Problemen sich Menschen abgeben! In den Mittagspausen verließ ich grundsätzlich das Büro, um in einem nahegelegenen Park verzweifelt nach einer freien Bank zu suchen. Ich ertrug weder knutschende Studenten noch keifende Mütter. Seit diesem unglückseligen Abend vor drei Wochen staute sich meine Wut. Sie besaß die Sturheit von zehn Ochsen und ich verfluchte sie jeden Tag, an dem sie nicht anrief. Meine Gedanken kreisten in einem Karussell der immer wiederkehrenden Fragen, die ich mir selbst nicht beantworten konnte. Ich musste mit ihr reden, doch mein Stolz ließ nicht zu, sie anzurufen. Gereizt und teilnahmslos hakte ich jeden verdammten Sonnenaufgang ohne sie ab. Ich wollte mir nicht eingestehen, dass ich mich vor Sehnsucht nach ihr verzehrte. Ich ging ins Kaufhaus, um in der Parfümerieabteilung ihren Duft aufzuspüren, zählte auf dem Nachhauseweg die Autos mit ihren Initialen im Kennzeichen. Mein Schatten verrichtete die unwichtigen Dinge des Lebens und mein Ich saß vor dem Telefon und wartete.

Dass Wolfgang mich nicht auf meinen Zustand ansprach, bestätigte mich in dem Glauben, er würde nichts merken. Ich registrierte gar nicht, dass er sich von mir zurückzog. Mir war schlecht vom Kaffeetrinken und meine Nerven lagen blank. Das Klingeln des Telefons im Büro erschreckte mich.

»Ja, äh, Mahnrot!«

Die Stimme am anderen Ende der Leitung verriet mir den Code zu meinen geheimsten Wünschen. Plötzlich wich die Anspannung der letzten Wochen aus meinen Gliedern und ich konnte mich über die Sonne freuen, die durchs Fenster schien. Aktenstaub tanzte in hellem Licht. Meine Herzkammern leisteten Schwerstarbeit, um das pulsierende Blut in den Bahnen zu halten. Was für eine Macht hatte diese Frau über mich? Sekundenschnell bemühte ich mich um Fassung.

»Hey, wie komm ich zu der Ehre?«

Zynismus klang im Tonfall meiner Stimme mit. Sie machte mich fuchsteufelswild. Drei verfluchte Wochen kein Lebenszeichen von ihr. Was bildete sie sich ein? Schütteln könnte ich sie, würgen und ihren Körper mit Küssen bedecken.

»Du hättest dich ja auch melden können.«

Hörte ich da eine Spur von Sehnsucht aus ihren Worten, fiel sie mir gerade in die Arme, um mir zu sagen, wie sehr sie mich vermisste?

»Ach, du weißt doch, wie das ist. Du nimmst es dir vor und dann verbleibt es wieder.«

Lass sie zappeln, Conny, auch wenn dir die Hände zittern. Der Reiz dieses Spieles, das wir beide perfekt beherrschten, trieb uns in eine ausweglose Leidenschaft. Gefangen zwischen Impulsen, die süchtig machten.

»Ja klar, ging mir genauso.«

»Und? Wolltest du mich mal wieder sehen?«

Sag es, ich will es hören, ich muss es hören.

»Ich dachte an heute Abend, aber wenn du keine Zeit hast.«

»Doch, habe ich.«

Erwiderte ich unbeteiligt, obwohl alles in mir tobte. Endlich, heute Abend sehe ich sie wieder.

»Wann dachtest du denn?«

»Mir egal, ich bin zu Hause.«

Zwei erwachsene Menschen mit Teenagerallüren.

»Na, gegen sieben wäre mir recht.«

»Okay!«

»Vera?«

»Ja?«

»Ich freue mich.«

Ich registrierte, wie sie schluckte.

»Ich auch, bis heute Abend.«

Sie legte auf.

Wir wussten beide nicht, wie wir die Zeit bis sieben Uhr überstehen sollten. Der Tag zog sich wie eine dikke klebrige Masse, die langsam aus unendlicher Höhe zu Boden sank. Stunde um Stunde sah ich auf die Uhr, bis ich endlich nach Hause fahren konnte. Ich wollte ein Bad nehmen, meine Beine rasieren und eine Maske auflegen. Entspannung vor der Spannung. Ein Glas Wein, eine Zigarette und schon wurde mir in dem heißen Wasser übel. Nach dem Essen, das ich nur mühsam herunter bekam, stellte ich in Ruhe die Kleidung für den Abend zusammen, nicht unwesentlich die Garnitur der Unterwäsche. Für meine Gedanken hätte ich mich ohrfeigen können. Sie meldet sich nach drei Wochen und du träumst davon, dass dieses Treffen im Bett endet. Diese Frau treibt mich noch in den Wahnsinn. Ich entschied mich für einen schwarzen, gerippten Rollkragenpullover. Sie liebte ihn an mir, er machte mich so streng. Amüsiert lächelte ich in meinen Schrank. Und die dunkelbraune Stoffhose, fließender Stoff, knitterfrei. Das hielt ich für wichtig. Dezent geschminkt legte ich mein Parfum auf. Nervös stieg ich ins Auto. Ich drehte die Musik laut und hörte Natalie Cole; *I miss you like crazy*. In der Beziehung war ich pathetisch. Warum zeigte sie mir nicht endlich ihre Gefühle? Ich hatte diese Spielchen so satt! Der steinige Boden unter unseren Füßen bestand nicht nur aus der Erhabenheit der Gesellschaft, die bestimmte ohne zu fragen. Wir, die kleinen Kiesel, die sich vom Fels lösen wollten, hielten doch krampfhaft an ihm fest. Zweifelten an unseren Gefühlen, stellten die Zuneigung der anderen in Frage. Ich nahm mir vor, offen mit ihr darüber zu reden.

An ihrer Wohnungstür atmete ich tief durch, bevor ich klingelte. Sie ließ sich Zeit mit dem Öffnen.

»Hallo.«

Ich machte keine Anstalten sie zu umarmen, obwohl ich sie an mich reißen wollte, festhalten, riechen, schmecken.

»Hey, komm rein!«

Mit der Betonung hätte sie auch sagen können: Danke, ich kaufe nichts! Aber ihr verlegener Blick verriet sie. Selbstgefällig ging ich an ihr vorbei, ich hasste mich dafür. Der gute Vorsatz, locker mit ihr umzugehen, war durch ihre Begrüßung wie weggewischt. Die Stehlampe im Zimmer warf unsere Schatten an die Wand und ich sah, wie sie sich zärtlich umarmten und küssten. Die Atmosphäre trug den Makel des Zerstörerischen in sich.

»Setz dich. Möchtest du was trinken?«

Ihre Gesichtszüge wirkten stark konzentriert. Sie stellte eine Flasche auf den Tisch und wartete nicht auf meine Antwort. Die beiden gefüllten Gläser wirkten auf mich wie ein Friedensangebot. Ich konnte nicht mehr an mich halten.

»Ich habe dich vermisst.«

Warum fiel es mir so schwer, diese Worte zu sagen? Je mehr Gefühl ich ihr zeigte, umso mehr wuchs die Angst, von ihr verletzt zu werden. Es war längst zu spät. Der Gedanke, dass sie mich zurückweisen könnte, hätte mich umgebracht. Irritiert sah sie mich an.

»Ist das wahr?«

Sie rang um Fassung und verlor die Kontrolle über ihre Reserviertheit.

»Ich kann dir nichts mehr vormachen. Tag und Nacht habe ich an dich gedacht. Vier Briefe geschrieben und wieder zerrissen. Aus meinen Träumen schweißgebadet aufgewacht, weil ich Panik hatte dich zu verlieren.«

Vera stand noch immer vor mir.

»War es so schlimm?«

Sie lächelte, doch ihre Augen blieben ernst. Konnte sie wirklich nicht glauben, dass ein Mensch derart stark für sie empfand? Ihr Selbstwertgefühl musste in der Vergangenheit arg gelitten haben. Sie hatte mir noch längst nicht alles von sich erzählt, und ich zweifelte daran, dass sie es je tun würde. Um die Situation etwas aufzulockern, zwinkerte ich ihr zu und lächelte verschmitzt.

»Lass uns anstoßen. Wir haben es geschafft, drei Wochen ohne einander auszukommen. Ich habe mein Idealgewicht wieder und du konntest dich in der Zeit von mir erholen. Schließlich bin ich ja ziemlich anstrengend, nicht wahr?«

»Allerdings, du neigst dazu, mich zu überfordern.«

»Nur wer Grenzen überschreitet, kann etwas bewegen.«

»Ich verfluche den Tag, an dem ich dich kennengelernt habe, und gleichzeitig kann ich mir ein Leben ohne dich nicht mehr vorstellen. Ich habe noch nie so viel über mich selbst erfahren und es gab noch keinen Menschen, den mein Innerstes so sehr interessiert hat.«

Sie setzte sich endlich zu mir. Ich genoss die leichte Berührung ihres Armes an meiner Seite und der vertraute Duft ihres Parfums öffnete meine Sinne. Wir redeten um der Worte Willen und unsere Körper rutschten zueinander hin. Mein Kopf lehnte sanft auf ihrer Brust, während ihre Hände zärtlich durch meine Haare fuhren.

»Ich habe mich so danach gesehnt, dich zu berühren. Du glaubst gar nicht, wie ich mit mir gekämpft habe, dich anzurufen.«

»Warum denn nur, Vera?«

»Weil ich Angst habe, dich wieder zu verlieren. Wie soll ich dagegen ankommen?«

»Gegen Wolfgang?«

»Gegen das Leben, das du führst.«

»Vera, ich liebe dich.«

Mein Herz hämmerte in der Brust. Mit diesen Worten hatte ich mich ihr ausgeliefert. Jetzt lag es an ihr, behutsam damit umzugehen.

»Das kannst du doch gar nicht sagen.«

Ihre Stimme versagte.

»Mehr als ich je einen Menschen geliebt habe.«

Zu starke Gefühle rissen Zweifel fort. Sie sah mich an und suchte die Wahrheit in dem Gesagten.

»Nie haben mir Worte so viel bedeutet.«

In ihren Augen schwammen kleine Seen und meine Finger zitterten bei der Berührung ihrer Wangen.

»Lass mich nicht los, Conny.«

Warm spürte ich ihren Atem auf meinem Gesicht. Meine Lippen suchten ihren Mund. Es gab kein Zurück für uns. Der Kampf war verloren und die Stimmen, die da riefen, ich hörte sie nicht mehr. Zaghaft, doch ohne Zweifel berührte ich ihren Mund und meine Zunge umspielte sanft die Konturen ihrer Lippen. Ich küsste eine Frau und meine Augen glänzten feucht, überwältigt von dem Gefühl in mir. Eine unglaubliche Erregung erfasste meinen Körper und meinen Poren entging nicht der kleinste Reiz. Jeden Winkel ihres Mundes wollte ich erkunden, unbekanntes Terrain entdecken. Ich küsste sie wild, unbeherrscht und dann wieder weich, voller Hingabe. Meine Hände kannten keine verbotenen Zonen mehr, wagten sich vor und warteten nicht länger. Sie hielt die Augen geschlossen, kurze Atemzüge offenbarten mir die in ihr aufsteigende Erregung, als ich unter dem Stoff der Bluse ihre nackte Haut berührte. Langsam, doch von Ungeduld getrieben, öffnete ich einen Knopf nach dem anderen. Sie trug einen weißen Spitzen-BH, durch den ihre dunklen Brustwarzen wie ein verborgener Schatz schimmerten. Ich liebkoste mit den Lippen die prallen Rundungen.

»Conny ...« Sie nahm mein Gesicht in ihre Hände. »Du bist so unglaublich zärtlich, dass ich es kaum aushalte.«

Sie beugte sich mir entgegen und ich öffnete den Verschluss ihres BHs. Ich hielt den Atem an, bis ich meinen Kopf hinunter zu ihren Brüsten senkte und sie mit Küssen bedeckte.

»Du bist so wunderbar weich.«

»Wir dürfen es nicht, Conny«, stöhnte sie so leise, dass ich es kaum hören konnte.

»Ich bin verrückt nach dir, Vera.«

Hemmungslos vor Begierde umschloss ich ihren Mund und sie antwortete mir mit ihrer Zunge, sinnlich, verlangend. Ich wollte sie ganz berühren, überall. Ihre Lust spüren und sie bis zur Ekstase treiben. Meine Fingerspitzen ertasteten die Innenseiten ihrer Schenkel. Keine Bewegung, die ich nicht registrierte. Bereit es zuzulassen, zeigte ihre Haltung nicht länger Distanz und ich berührte sanft den Stoff zwischen ihren Beinen. Ich hörte ihren Atem, spürte ihn an meinem Hals. Zahn für Zahn öffnete ich den Reißverschluss ihrer Hose, küsste mich hinunter.

»Peter hat einen Wohnungsschlüssel. Er kann jeden Moment kommen.« Sie stöhnte die Worte heraus.

Ich konnte nicht aufhören, sie zu liebkosen.

»Nein, Conny!«

Abrupt stieß sie mich weg und ich wurde jäh in die Realität zurückgeschleudert.

»Was ist?«

Verwundert sah ich sie an. Vera stützte sich auf ihren Ellenbogen.

»Wir müssen aufhören, Peter kommt gleich.«

Ihr Brustkorb hob und senkte sich bei jedem Atemzug.

»Wenn du nur einen Schritt weiter gegangen wärest, hätte er uns von mir aus in flagranti erwischen können.«

»Soll er doch!«

Ich küsste ihren Hals, ihre Schultern, strich über ihren Rücken.

»Bitte, Conny!«

Sie presste ihre Hand gegen meine Brust und mit der anderen brachte sie ihr Haar in Ordnung.

»Du glaubst gar nicht, wie schwer es mir fällt, aufzuhören.«

Ihre Hand streichelte mein wütendes Gesicht.

Ich zündete ihr eine Zigarette an und sah ihr dabei zu, wie sie ihre Bluse überstreifte, alles verhüllte und meinen Blicken entzog.

»Ich kann es nicht glauben.«

Sie stützte ihren Kopf mit der Hand.

»Was kannst du nicht glauben?«

»Wir haben uns geküsst. Ich habe eine Frau geküsst.«

»Bereust du es?«

»Ja, irgendwie schon. Ich kann dir gar nicht sagen, wie ich mich fühle.«

»Aber du wolltest es doch auch!«

Sehnsuchtsvoll sah sie mich an. Ihre Augen schimmerten feucht, aber es lag keine Hoffnung in ihnen.

»Nichts will ich mehr und das erschreckt mich. Nie habe ich derart empfunden. Solche Gefühle kenne ich nicht. Dein Geruch, deine Küsse, es ist alles so vertraut. Ich genieße jede deiner Berührungen. Aber es ist nicht richtig.«

Wütend über ihr Gerede von Sitte und Moral leerte ich mein Glas und stellte es unsanft auf den Tisch zurück.

»Aber es ist richtig, ein Leben zu führen, dass dich und mich krank macht. Es ist richtig, Gefühle, die wir in uns haben, wegzuschließen, als etwas Schmutziges abzulehnen.«

»Du bist verheiratet, verdammt noch mal!«

Vera zerlegte ihre Zigarette im Aschenbecher.

»Ja, das bin ich, und als ich geschworen habe, meinem Mann treu zu sein, dachte ich wirklich gesiegt zu haben, bis ich dich kennen lernte. Du kannst nicht gegen dich selbst kämpfen, ich habe es jahrelang versucht.«

»Wie stellst du dir die Zukunft vor? Sollen wir vielleicht zusammenziehen und all deinen Freunden verkünden, dass wir ein Paar sind?«

Barsch wischte sie eine Haarsträhne aus ihrem Gesicht.

»Ja, vielleicht. Ich weiß nicht, wie es weiter gehen soll. Ich weiß nur, dass ich nachts aufwache und mich nach dir sehne, so sehr, dass es weh tut.«

»Ich denke auch ständig an dich und ich habe mir die letzten drei Wochen weiß Gott den Kopf über uns zerbrochen. Es ist wie ein Sog, der mich immer wieder reinreißt.«

»Liebst du mich?«

Sekundenlang fixierten mich ihre grünen Augen, als versuchten sie, in meine Seele zu sehen.

»Ja.«

Sie sagte es vorsichtig, mit der Betonung der Furcht vor einer folgenschweren Antwort.

»Vera, ich ...«

»Schscht!«

Sanft legte sie den Finger auf meinen Mund.
»Geh jetzt bitte.«
Unsere Lippen berührten sich ein letztes Mal, bevor die Tür ins Schloss fiel und Peter kurz darauf im Wohnzimmer stand.
»Hallo ihr Süßen, hattet ihr einen netten Abend?«
Er drückte Vera einen Kuss auf die Lippen und bemerkte gar nicht, wie rot sie leuchteten. Ich hasste ihn dafür, dass er sie berührte.
»Hey Peter! Ich werde dann mal gehen.«
»Wieso, bleib doch noch!«
Er zog mich zurück aufs Sofa. Ich musste hier raus.
»Nein, es ist spät und ich habe morgen einen langen Tag.«
»Was macht Wolfgang? Hab ihn schon lang nicht mehr gesehen.«
»Er hat viel zu tun.«
»Komm, rauch noch eine, wir sehen uns so selten.«
»Nein, wirklich, Peter.«
Verzweifelt wechselte mein Blick zu Vera, doch sie machte keine Anstalten mich hinaus zu bitten. Ich nahm sein Angebot an und ließ mir eine Zigarette geben. Noch ein paar Minuten in ihrer Nähe.
»Und, was gibt es Neues?«
Ich bin verrückt nach deiner Freundin.
»Nichts weiter, außer dass unser Italientrip klappt.«
Eine Woche allein mit Vera. Dass Greta mitkam, störte mich nicht weiter.
»Lasst euch bloß nicht von den Typen anmachen.«
»Bestimmt nicht!«
Ich lächelte Vera an. Wer will denn was von italienischen Männern? Die Situation entfaltete sich zu einer Groteske. Ich konnte kein normales Gespräch mit ihm führen. Wenn er wüsste, was ich mit seiner Frau an-

stellte, würde er wahrscheinlich vergessen, dass ich ebenfalls eine Frau bin.

»Schönen Abend noch!«

Ich stand auf und gab ihm die Hand.

Vera begleitete mich noch auf den Flur.

»Ich schlafe seit Wochen nicht mehr mit ihm.« Mein fragender Blick erhielt eine Antwort. Ich nickte und atmete leise durch die Nase aus.

»Wir telefonieren!«

Erleichtert stieg ich in den Fahrstuhl, doch konnte ich ihr wirklich trauen? Letztendlich würde er nach so langer Zeit sein Recht einfordern und sie täte ihm den Gefallen. Oder sie will es, erregt durch meine Hand. Auf der Fahrt nach Hause sah ich sie vor mir, wie ich sie küsste und im nächsten Moment greift Peter nach ihr. Er öffnet ihre Bluse, streift den BH herunter, greift ihr zwischen die Beine und zieht ihr die Hose aus. Sie liegt nackt vor ihm und er dringt in sie ein, fordernd, hart. Ihre Fingernägel krallen sich in seinen Rücken und sie stöhnt bei jedem Stoß. Begierig leckt er ihre Brustwarzen, keucht, während er sich in ihr bewegt. Verzweifelt schlug ich aufs Lenkrad. Sie schreit seinen Namen, bäumt sich ihm entgegen. Ich stellte das Radio lauter und die Bässe dröhnten aus den Boxen. Schweißverklebte Körper reiben sich rhythmisch aneinander. Vertrau ihr. Sie presst ihren Kopf ins Kissen, schreit ihren Orgasmus heraus. N-E-I-N! Sie fühlt genauso wie ich. Das tut sie mir nicht an. Tränen der Wut rannen über mein Gesicht. Ich verachtete mich für diese Gedanken. Zweifelte an dem Menschen, den ich über alles liebte. Diese Ungewissheit nagte wie eine Ratte an meinem Selbstvertrauen. Die Vorstellung, dass sie ihn für mich aufgeben würde, gelang mir nicht. Was konnte ich ihr bieten? Gesellschaftliches

Abseits, keine legitime Anerkennung unserer Beziehung, kein Familienleben. Genau das Gleiche, was mir auch bevorstand, sollte ich mich von Wolfgang trennen. Falkenbergs Cornelia eine vom anderen Ufer! Die Leute im Dorf meiner Eltern hätten den Klatsch des Jahres. Was würde ich meinen Eltern damit antun? Aber so konnte ich auch nicht weitermachen, es zerriss mich. Auf was wartete ich? Suchte ich nicht die gleiche Sicherheit wie sie? Gefangen in einer Welt, in der wir nicht den Mut aufbringen konnten, auszubrechen. Doch der Mut entsteht aus Verzweiflung, die mit jedem Tag stärker wird und unser Leiden unerträglicher werden lässt. Erst wenn sich jeder Atemzug zur Qual entwickelt und jeder Schritt schmerzhaft brennt, können wir eine Entscheidung treffen.

11

Die Dunstabzugshaube rauschte unaufhörlich und das Fett spritzte aus der Pfanne auf mein Brille. Es widerstrebte mir an diesem Abend zu kochen. Der Spaß an der Zubereitung köstlicher Menüs war mir vergangen. Gewohnheit verkochte sich mit Selbstverständlichkeit. Bei meinem Versuch, eine aufgetaute Pizza auf den Tisch zu bringen, hatte mein Mann missbilligend die Stirn kraus gezogen. Ich war es satt.

Der Hausschlüssel drehte sich im Schloss.

»Oh, gibt es Buletten?«

Wolfgang huschte nur kurz in die Küche, drückte mir einen Kuss auf die Wange und machte auf dem Absatz kehrt.

»Mach doch bitte die Tür zu, wenn du brätst. Das ganze Haus riecht nach Essen.«

Da stand ich nun in diesem Bratendunst bei geschlossener Tür und roch selbst wie eine Bulette. Wieso hatte er überhaupt schon Feierabend? Die letzten Wochen kam er nicht vor neun Uhr nach Hause. Ich goss ein Glas Wein ein und stellte es ihm im Wohnzimmer auf den Tisch. Ausgepowert vom Stress im Büro sah er mich müde an. Gut, er arbeitete länger, aber ich hatte auch meinen Job. Redete ich es mir ein, oder bekam ich jedesmal ein schlechtes Gewissen, weil ich früher als er zu Hause war? Schließlich verdiente er auch mehr Geld.

»Der Computer ist abgestürzt.«

Mein fragender Blick animierte ihn wohl dazu, mir eine Antwort zu geben.

»Da lassen wir uns von der Technik in einer Weise malträtieren, dass dieser graue Kasten unseren Feierabend bestimmt.«

Klang wie eine Entschuldigung, die ich nicht verlangt hatte.

»Das Essen ist gleich fertig.«

»Ich dachte, du freust dich.«

»Tue ich ja!«

Ich ging zurück in die Küche. Nein, ich freute mich nicht. Der Abend würde wieder im Streit enden. Während wir aßen, erzählte Wolfgang vom Ärger im Büro. Ich ließ ihn reden und meine Gedanken durchs Fenster fliegen. Zu ihr. Was tat sie jetzt?

»Man hat viel mehr vom Abend und ist nicht so kaputt.« Er schenkte uns noch ein Glas Wein nach und steckte sich eine Zigarette an. Grinsend schob er den Teller beiseite und schnippte den Korken der Weinflasche auf meinen Schoß.

»Weißt du, worauf ich jetzt Lust hätte?«

Augenblicklich erhob ich mich und begann den Tisch abzuräumen.

»Macht dir die Avocadosoße zu schaffen?«

Wenn ich das geahnt hätte!

»Nein, mein Schatz, eher monatelanger Entzug.«

Bestimmend hielt er mich am Arm fest.

»Wolfgang, wir haben gerade gegessen!«

»Deine vegetarischen Buletten dürften kein Problem darstellen.«

Warum hatte ich nicht Schweinshaxe mit Sauerkraut und Knödeln gekocht?

»Das ist mal wieder typisch. Du kommst früher

nach Hause und ich habe mich darauf einzustellen. Tut mir leid, aber ich habe noch etwas zu tun.«

Verdutzt sah er mich an.

»Was gibt es denn so Wichtiges?«

Er ließ nicht locker. Nach kurzer Überlegung öffnete ich eine Schublade im Wohnzimmerschrank und kramte einen Schuhkarton mit Fotos heraus.

»Die müssen endlich eingeklebt werden.«

Mit aufgerissenen Augen starrte er über meine Schultern in die Kiste.

»Alle?«

»Du hast doch nie Zeit für so was.«

Gut, dass ich erst vor ein paar Tagen Foto-Ecken gekauft hatte. So erschien die Situation glaubwürdiger. Ich rutschte unruhig auf dem Sessel hin und her und begann damit, Urlaubserinnerungen zu sortieren. Meine innere Anspannung legte sich erst, als sich Wolfgang an den Computer setzte.

Campingurlaub an der französischen Atlantikküste. Wolfgang, Zeitung lesend im Campingstuhl, ich im Bikini, braungebrannt vom Strand kommend. Sonnencreme mit Kokosduft und der Geruch von Luftmatratzen. Vielleicht lag es am Meeresrauschen hinter den Dünen oder an der sengenden Sonne, die unsere Körper erhitzte, aber in diesen Tagen des Sommers vor vier Jahren erlebte Wolfgang mit mir ein erotisches Zwischenspiel, das sich in unserer Ehe so nicht wiederholte. Wir trieben es im Zelt bei 40 Grad Außentemperatur, Bodylotion tropfte von meinen Brüsten, sämtliche Decken und Schlafsäcke durchnässt von schweißgebadeten Körpern. Abends gingen wir mit einer Flasche Rotwein an den Strand, rauchten einen Joint und erregten uns mit Worten. In der Dunkelheit liebten wir uns auf einer Strandliege. Ich schloss die Augen, versuchte dieses Gefühl in mir wachzurütteln. Konnte ich nicht zwei Menschen lieben? Eine Illusion zu glauben, ich fühlte mich fähig, heute mit Wolfgang und morgen mit Vera zu schlafen. Mein sexuelles Verlangen nach ihm war erloschen. Ich wünschte mir nichts sehnlicher, als sie zu lieben. Dass ich beide betrügen würde, ging mir nicht in den Kopf. Was hätte ich noch, wenn es zur Scheidung käme? Vera gab mir keineswegs das Gefühl, mit mir zusammen leben zu wollen. Das Telefongespräch der letzten Woche hatte mich zutiefst frustriert. Ihre Bedenken darüber, eine Frau geküsst zu haben, ließen sie nicht los. Ihrer Familie könnte sie unter gar keinen Umständen zumuten, mit einer lesbischen Tochter konfrontiert zu werden. Doch der Reiz hielt sie im Bann. Und zugleich hatte Vera noch nie so viel für einen Mann empfunden wie für Peter. Sie fühlte sich von einem doppelschneidigen Schwert attackiert, das sich langsam in ihr Herz bohrte.

»Sag mal, Conny, kannst du die Fotos vielleicht auch an einem anderen Abend einkleben?«

Wolfgang rutschte zu mir in den Sessel, streichelte meinen Nacken. Ich zuckte zusammen. Behutsam, fast ängstlich glitt seine andere Hand unter mein T-Shirt und berührte meinen Busen. Sein heißer Atem verriet mir nachdrücklich, dass er mich wollte. Ich verkrampfte mich, noch bevor er mich küsste. Seine Hände suchten nackte Haut. Hastig öffnete er den Gürtel meiner Hose.

»Komm, lass uns hoch gehen.«

Ich nahm seine Hand und führte ihn die Treppe hinauf ins Schlafzimmer.

»Ich muss noch mal ins Bad.«

Zeit gewinnen. Auf dem Rand der Badewanne sitzend, sah ich mein Spiegelbild. Wenn ich doch nur abschalten könnte! Er wartete auf mich. Meine Hände zitterten. Ich zog meine Kleidung aus, ließ sie achtlos auf die Fliesen gleiten, ging zu ihm ins Schlafzimmer. Vergiss es, das packst du nicht. Vera rannte durch meine Gedanken, stand neben unserem Bett, sah zu, wie er in mich eindrang. Ich konnte sie hören: »Sag nicht, dass du mich liebst, wenn du dich von einem Mann ficken lässt!« Ich betrog sie mit meinem eigenen Mann. Schizophrener konnte die Situation nicht sein. Wolfgang streichelte mich zwischen den Beinen, küsste meine Schenkel und ich empfand nichts. Alles in mir machte dicht und ich schloss die Tür zu ihm endgültig. Sein Verlangen mit mir zu schlafen, scheiterte an einem Schloss, dessen Schlüssel ich längst Vera gegeben hatte. Von Selbstzweifeln ausgehöhlt fühlte ich mich meinem inneren Chaos ausgeliefert. Tränen trotzten einem Versuch aussichtsloser Beherrschung. Irritiert wandte er sich von mir ab und setzte sich auf die Bettkante. Wie sollte ich ihm diesen Gefühlsausbruch erklären?

»Was ist los mit dir, Conny?«

Leer und ausgebrannt vernahm ich seine Worte.

»Ich weiß es nicht.«

»Das kann so nicht weitergehen. Vielleicht solltest du mal einen Arzt aufsuchen. Ist doch möglich, dass du die Fehlgeburt nicht verkraftet hast. Dich befällt scheinbar die Angst wieder schwanger zu werden. Dann müssen wir eben eine Zeit lang verhüten.«

Natürlich, die Lösung! Die Angst vor einer weiteren Schwangerschaft war tatsächlich da. Zum jetzigen Zeitpunkt gänzlich ausgeschlossen.

»Ich möchte im Augenblick nur meine Ruhe haben.«

Was redete ich denn da. Mir saß die Wahrheit im Nacken und doch formten meine Lippen keine Worte, drang kein Laut aus meiner Kehle. Stumm hüllte ich mich in die Bettdecke und drehte Wolfgang den Rükken zu. Ich fühlte mich von mir selbst gedemütigt, versuchte etwas, zu dem ich nicht mehr bereit war.

»Ich fahre noch mal weg, könnte spät werden.«

Der innere Druck wich der Erleichterung, die ich spürte, als sein Auto vom Hof fuhr. Endlich allein. Ich verschränkte die Arme hinter meinem Kopf und sah aus dem Fenster. Nichts ließ sich in dieser düsteren Nacht erkennen. Der Gesang der Blätter an den Bäumen, vom Wind dirigiert, drang durch das geöffnete Fenster. Noch zwei Monate und der erste Schnee würde fallen. Sollte der Winter für mich eine Entscheidung bringen? Meine Ehe leise im Schnee ersticken? Ich fühlte mich zu müde allen gerecht zu werden, nur mir nicht. Wolfgang hielt mich inzwischen für eine Niete im Bett.

Und meine Mutter? Seit meiner Kindheit versuchte sie aus mir die Frau zu machen, die ich nie sein wollte. Alles war darauf ausgerichtet, dem Mann ein Zuhause zu geben, in dem er sich wohl fühlt, ihn bei seiner Karriere zu unterstützen, ein warmes Essen zu kochen. Kurzum, ihn in die totale Abhängigkeit zu stürzen und ihn sich dabei auch noch als Macher fühlen zu lassen.

Das Telefon klingelte.

»Ja, hallo?«

»Hey, stör ich gerade?«

»Nein, ich bin allein.« Ihre Stimme war Balsam für meine ramponierte Seele.

»Wo ist Wolfgang?«

»Ich weiß es nicht. Er ist weggefahren.«

»Was ist los, Conny?«

»Er wollte mit mir schlafen.« Ich war den Tränen nahe.

Vera schluckte.

»Hast du?« Angstvoll schwang die Frage durch den Hörer.

»Nein?«

Für Sekunden herrschte Stille am anderen Ende der Leitung.

»Hattest du keine Lust?« Wieviel Bestätigung brauchte sie noch?

»Wie soll ich das, wenn ich nur noch an dich denke! Wann hast du denn das letzte Mal mit Peter geschlafen?«

»Ich wusste nicht, dass es dir genauso geht. Bisher dachte ich, es würde dir nichts ausmachen zu trennen.«

»Nichts ausmachen? Mein Mann hält mich mittlerweile für frigide und ich denke Tag und Nacht nur an dich.«

»Conny, ich will mit dir schlafen. Ich ertrage es kaum noch, dich nicht zu sehen.«

»Mir geht es genauso.« Die Deutlichkeit des Ausgesprochenen führte mir vor Augen, dass ein Zurück nicht mehr in Frage kam.

»Ich weiß nicht, wie ich das noch vierzehn Tage aushalten soll.«

»Conny, in der Toskana haben wir eine Woche nur für uns. Morgens, mittags, abends und vor allem nachts.«

»Ich vermisse dich so sehr, Vera.«

Leise Atemzüge stolperten in mein Ohr, ich spürte ihre Unsicherheit.

»Wo führt uns das hin, Conny?«

»In eine Welt, die ich nicht kenne und mit dir erleben will.«

»Du bist verrückt!«

»Ja, nach dir.«

Sie lachte.

»Was machst du gerade?«

»Ich liege im Bett.«

»–«

»Nackt.«

Ich schloss die Augen und stellte sie mir vor. Im nächsten Moment überlegte ich, wie viele Stunden vierzehn Tage waren und wie viele Minuten eine Woche.

»Sehen wir uns vorher noch mal?«

»Nein, Conny, auf keinen Fall alleine. Wir sehen uns Samstag auf der Party. Bis zum Urlaub habe ich Nachtschicht. Außerdem wäre es viel zu gefährlich, Peter hat einen Schlüssel von meiner Wohnung. Neulich Abend hast du mich fast so weit gebracht, dass ich alles andere vergessen hätte.«

»Vera!«

»Ist doch wahr, wie konnten wir nur derart leichtsinnig sein. Jedes kleinste Geräusch hat mich erschreckt.«

»Ach, und ich dachte, dein Zittern hatte was mit Erregung zu tun.«

»Sehr komisch, Conny. Ich glaube, wir sollten dieses Gespräch jetzt beenden.«

»Jetzt sei nicht so ernst.«

»Ich bin mit den Nerven am Ende und ich brauche Urlaub. Mit dir. Ich ertrage Peter nicht mehr, und doch habe ich Angst, ihn zu verlieren. Er ist meine Tür ins normale Leben.«

»Wir werden einen Weg finden.« Die Worte klangen

bitter und nicht zuverlässig. Wusste ich doch selbst nicht, ob wir diesen gemeinsamen Weg jemals gehen würden.

»Gute Nacht.«

Ich hauchte die Worte in den Hörer und empfing sie in gleicher Weise zurück.

12

Früh morgens um halb sieben fuhr Greta mit Vera auf dem Beifahrersitz bei uns auf den Hof. Endlich! Der Tag des Aufbruchs. Unser Ziel hieß Volpaia und damit eine Woche Urlaub in der Toskana. Erleichtert über ein paar Tage der Erholung verabschiedete ich mich von Wolfgang und stieg zu den Mädels ins Auto. Der mit dunklen Wolken verhangene Himmel klärte sich kurz hinter München auf, und als wir über den Brenner fuhren, strahlten die Berge in der gelben Oktobersonne.

»Leute, ich liebe Bella Italia, meine Tante wusste schon, warum sie Deutschland den Rücken kehrte.«

»Deine Tante hat auch das nötige Kleingeld dafür. Wer hätte nicht gern ein Landhaus in der Toskana.«

»Conny, du musst dir nur den richtigen Mann schnappen. Dein Wolfgang ist doch auf dem besten Wege ein Feriendomizil zu verdienen. Was beklagst du dich?«

Manchmal hasste ich Greta für ihre blöden Bemerkungen. Ich konnte nur hoffen, dass Vera hinten wirklich schlief und von dem Gespräch nichts mitbekam.

Zu dieser Jahreszeit war die Autobahn kaum befahren. Die sommerlichen Blechlawinen blieben uns erspart. Wir kamen zügig voran und erreichten am Abend Volpaia. Bis September döst das Dorf vor sich hin. Dann aber erwacht es zu einem wahren Kunstmekka. Kunsthändler stöbern in den mittelalterlichen

Gassen der abgelegenen Siedlung nach neuen Stilrichtungen. Man sieht sie vor den Trattorias sitzen oder mit den Händlern um Bilder feilschen. Der Chianti sorgt für das nötige Geschick bei den Verhandlungen.

Das Haus der Santoris war ein renovierter Wehrturm am Ortsrand. Ein Wohnhaus und kleinere Anbauten schmiegten sich um das massive Gemäuer. Mit Feldstein, Mörtel und rohen Ziegeln hatten die Besitzer dem Haus in liebevoller Eigenarbeit ein neues altes Gesicht gegeben. Als wir durch das Tor fuhren, empfing uns ein Garten voller Pflanzen, die sich in ihrer Anspruchslosigkeit der Natur außerhalb des Grundstückes anpassten. Duftende rote Kletterrosen rankten sich um das alte Gestein des Turmes und die Terrasse mit ihrem schilfbedeckten Dach lud ein, die Ruhe der Oase in weich gepolsterten Rattanstühlen zu genießen. Greta kannte den Anblick, doch Vera und ich standen vor dem Wagen und konnten den Blick nicht von der Schönheit dieses Fleckens Erde abwenden.

»Jetzt kommt mal wieder runter, girls. Meine Tante wartet hoffentlich schon mit dem Abendbrot auf uns.« Noch bevor wir mit unseren Koffern die Haustür erreicht hatten, trat Frau Santori auf die Terrasse, um uns zu begrüßen. Noch schimmerte ihr mittellanges blondes Haar wie Honig auf einem Weißbrot, doch feine graue Strähnen besiegten die jugendliche Farbe. Das Braun des Sommers in ihrem Gesicht unterstrich respektvoll jede Falte gelebten Lebens. Lächelnd sah sie mit ihren blassblauen Augen über eine in Gold gefasste Lesebrille. Grübchen um die Mundwinkel verrieten Humor, und ein winziges Muttermal thronte auf einem Wangenknochen.

Als sie Anfang der sechziger Jahre ihren Eltern eröffnete, in Paris Kunst studieren zu wollen, presste sie vermutlich ihre schmalen Lippen aufeinander und versicherte ihrem ängstlichen Vater, dass er sich keine Sorge um seine zwanzigjährige Tochter machen müsste. Tat er aber, besonders nach dem Brief, indem sie ihm mitteilte, dass sie einen sehr netten Italiener heiraten werde. Ein Jahr später war sie Frau Santori, beendete ihr Kunststudium und zog mit ihrem Mann nach Florenz. Die Malerei blieb jedoch ihre Leidenschaft, neben Eduardo und ihrem Sommerrefugium in Volpaia. Ihr Mann war im Herbst oft auf Geschäftsreise und sie freute sich über Besuch, den sie sich selbst überlassen konnte. Gesellschaft gerne, aber keine Verpflichtung durch ständige Präsenz.

Als sie mich begrüßte, deuteten ihre starken Arme eine dezente Umarmung an und ein Kuss huschte über meine Wange. Sie roch nach Vanille und Terpentin.

»Kommt herein, ihr müsst müde sein.«

Ihre Stimme verriet ein strenges, aber herzliches Wesen.

Die Decken und Wände im Inneren des Hauses waren weiß getüncht. Möbel aus schwerem dunklen Holz trugen zum rustikalen Ambiente bei. Inmitten des Wohnraumes befand sich ein alter Kamin, der früher als Kochstelle gedient hatte und heute an kühlen Herbsttagen für wohlige Wärme sorgte. Dicke weiße Schaffelle bedeckten den Boden aus Terracotta-Fliesen.

»Kommt gleich durch in die Küche, die Koffer könnt ihr dort abstellen.«

Sie zeigte auf den Treppenabsatz zur oberen Etage. Gemeinsam setzten wir uns an einen blankgescheuerten Holztisch bei einer Flasche Rotwein, frischem selbst gebackenem Brot, Käse und Parmaschinken. Charlottes Blicke wechselten schnell zwischen uns hin und her. Trotzdem hatte ich den Eindruck, dass sie

Vera und mich fixierte. Die Neugierde in ihren Augen wirkte nicht unangenehm. Ich fühlte mich sogar geschmeichelt, ihr Interesse geweckt zu haben.

»Seid ihr gut durchgekommen?«

»Bestens!« Greta sprach wie immer mit vollem Mund.

»Na, ich hoffe, ihr werdet die Tage hier genießen.«

Vera und ich sahen einander an und lächelten verschwörerisch.

»Fühlt euch wie Zuhause und fragt bitte nicht, wenn ihr irgend etwas braucht. Nehmt es euch einfach.«

Ich fühlte mich so wohl wie schon lange nicht mehr. Der ganze Stress vergangener Monate fiel von mir ab wie eine verkrustete Schale.

»Greta, du übernimmst die Zimmeraufteilung. Ich mische mich da nicht ein. Zur Verfügung stehen das Einzelzimmer im Turm und ein Doppelzimmer hinten im Anbau.«

»Ich nehme selbstverständlich das Einzelzimmer.« Greta sah mich an und erwartete keine Widerworte.

»Von mir aus!«

Was wollte ich mehr?

»Na, dann ist ja alles klar. Ich für meinen Teil gehe jetzt schlafen.«

Damit stand Greta auf und gab ihrer Tante einen Kuss.

»Warte, wir kommen mit. Gute Nacht, Frau Santori!«

Sie verdrehte die Augen. »Kinder, tut mir einen Gefallen und siezt mich nicht. Ich bin Charlotte.«

»O.k., Charlotte!«

»Ihr müsst nur bis zum Ende des Flures gehen und dann ist es die letzte Tür rechts.«

Im Zimmer angekommen, ließ ich mich auf das Bett

fallen und stieß einen Seufzer aus: ein Doppelbett. Die Holzläden vor den Fenstern waren geschlossen und so empfing uns eine angenehme Kühle im Raum. Vera begann sich auszuziehen und ich betrachtete sie ungeniert. Sie grinste provozierend, erwiderte aber nicht meinen Blick.

»Ich geh duschen, was ist mit dir?«

Das Bad lag direkt neben unserem Schlafzimmer und konnte durch eine Verbindungstür betreten werden. Der Anblick ihrer nackten Brüste erregte mich. Ich wanderte mit den Augen abwärts über ihre schmale Taille, den birnenförmig prallen Hintern, in schwerer Versuchung, mit beiden Händen zuzugreifen. War es denn möglich, wie meine Phantasie mit mir durchging?

»Was ist, kommst du?«

Mit dem Badehandtuch vor der Brust forderte sie mich auf mitzukommen. Eiligst zog ich meine Sachen aus. Auch sie beobachtete mich und ich genoss ihre Blicke. Ich folgte ihr ins Bad und unter die Dusche. Sie sagte nichts, sah mich nur an und das Lächeln um ihre Mundwinkel verschwand. Im nächsten Moment schoss das Wasser aus der Brause und der kalte Schauer verwandelte sich in warme Strahlen. Die Tropfen stürzten auf unsere Körper herab, benetzten prickelnd unsere verschwitzte Haut. Meine Lippen näherten sich ihrem Mund und sie versteckte nicht länger ihre Sehnsucht mich zu küssen. Vorsichtig, zart, doch voller Ungeduld erwiderte ich die Liebkosungen ihrer Zunge. Zitternde, unwissende Hände trauten sich kaum nach ihr zu greifen. Der aufgestaute Druck hätte meinen Körper in feinste Atome zersprengt, wäre er nicht durch die Fingerspitzen entwichen, die sie berührten. Jede einzelne Faser meines Körpers verlangte nach ihr.

Ihre Hände ertasteten unsicher meine Brüste. Sie lächelte mich verlegen an und lernte schnell.

»Es ist so wunderbar, dich zu berühren.«

Ängstlich glitten meine Hände hinunter zu ihrer Scham, deren Hügel mir ebenso schwer erklimmbar erschien wie der Gipfel eines Berges. Das Zucken ihres Beckens ließ mich hoffen, die Erregung in ihr zu wekken. Sie zog mich an sich, drängte mich weiterzugehen. Rhythmische Bewegungen forderten mich auf zu einem Tanz der Sinnlichkeit. Ich spürte ihre Begierde, die eine eigene Sprache fand und lustflüsternd durch meine Gehörgänge strich.

»Warte!«

Behutsam drängte sie mich weg.

»Ich will es nicht hier, lass uns rüber gehen.«

Flüchtig trockneten wir uns gegenseitig ab und warfen uns halb nass auf das Bett. Übermütig schüttelte ich meinen Kopf, so dass die Tropfen aus den Haaren auf ihrem nackten Körper landeten. Ihre Hände hielt ich fest umschlossen.

»Ich lass dich nicht mehr los.«

Der Ausdruck in ihren Augen verriet, dass es kein Spaß mehr war.

»Vielleicht will ich das ja.«

Sanft strich sie mit den Fingern über meine Hand.

»Vera, ich kann nicht mehr ohne dich sein.«

Sie erwiderte meinen liebevollen Blick.

»Ich weiß.«

Ich ließ sie los und legte meinen Kopf auf ihre Brust. Sie umschlang mich mit ihren Armen und drückte mich an sich. Mit nassen Händen berührte ich ihre warme weiche Haut. Gefühle ließen sich nicht aussprechen. Das Leben um mich herum wich der Welt meiner Träume, unerfüllt, schmerzhaft. So sehr ich mich bemüht hatte, mein Verlangen nach ihr in Phantasiebegegnungen zu stillen, so stark griff nun die Wirklichkeit nach mir. Ein Jahr war vergangen. Gegenseitig hatten wir uns Kraft geben wollen, den Wunsch der Berührung im Keim zu ersticken, doch es folgten Zugeständnisse. Das zärtliche Streicheln einer Hand, ein zu langer Druck bei der Umarmung, das Aneinanderpressen der Beine unter dem Schutz eines Tisches. Seit dem ersten Kuss zeigte die Mauer, hinter der unsere Emotionen gefangen waren, Risse. Wir wussten, dass sie sich früher oder später ihren Weg bahnen würden. Umso mehr unsere Kraft nachließ, umso stärker wurde der Drang, die Empfindungen nicht länger zu unterdrücken.

»Ich will dich!«

Sie flüsterte es, umschloss meine Lippen und empfing erwartungsvoll meine Zunge. Geschmeidig ließ ich meine Brüste über die ihren gleiten. Das Begehren, ihren ganzen Körper zu spüren, zu riechen, zu schmekken, brannte in mir, breitete sich aus zu einem riesigen Feuer, das über vertrocknete Bedenken hinweg fegte und alles entflammte. Ich küsste ihren Hals, ihre Schultern. Fordernd griff sie nach mir und ein leises Stöhnen kam über ihre Lippen. Unsere nackten Körper rieben sich lustvoll aneinander. Meine Zunge umkreiste begierig eine Brustwarze, die in meinem Mund hart wurde. Die gespannte Härte eines Frauenkörpers. Ich liebte eine Frau und sie wollte es, wollte genau das, mehr als alles andere.

Ihr Verlangen nach mir ließ mich nie zuvor erlebte Lust empfinden. Eng umschlungen lagen wir da, nahmen bei jedem Atemzug die Wärme der anderen in uns auf. Ich spürte den festen Druck ihres Oberschenkels zwischen meinen Beinen und löste mich nur zaghaft aus ihrer Umarmung, um jeden Zentimeter ihres Körpers zu entdecken, mit meinen Lippen zu liebkosen. Sanft strich ich mit den Fingerspitzen über ihre Beine, hinauf zu den Innenseiten ihrer Schenkel. Wie unentdecktes Land, das ich doch so gut kannte, näherte ich mich ihrer Scham. Massierend tasteten meine Finger über ihren Venushügel. Heiß und feucht empfing Vera jede meiner Berührungen. Ihr Becken vibrierte. Ich konnte gar nicht fassen, wie sehr es sie anmachte. Sie streckte die Arme aus und ihre Fingernägel krallten sich ins Bettlaken.

»Conny, ich halt das nicht aus!«

Lustvoll warf sie den Kopf zurück. Geballte Emotionen ließen ihre Atmung stocken. Ich bewegte mich langsam an ihr herunter, küsste mich hinab, bis ich ihren glühenden Schoß erreichte. Sie zuckte zusammen, als sie meine Zunge spürte. Saugend schmeckte ich den süßlichen Saft unserer Liebe. Näher konnte ich ihr nicht sein. Immer kraftvoller wurde der Tanz meiner Zunge. Sie bäumte sich mir entgegen und jeder Muskel an ihr zog sich zusammen. Der Wunsch, ihre Erregung zu hören, erfüllte sich durch ein immer stärker werdendes Stöhnen.

Vor mir lag eine Frau, deren Ekstase ich hervorrief. Jetzt, in diesem Moment verwirklichte sich ein Traum, an den ich kaum geglaubt hatte. Ich spürte wie sie kam und ihren Kopf im Kissen versteckte, um einen Aufschrei zu unterdrücken. Keine Phantasie reicht je an das Erlebte heran. Was mein Innerstes immer gewusst hatte, brach durch die Oberfläche in mein Bewusstsein und verursachte eine Explosion der Empfindungen, die ich kaum verkraften konnte. Wie sehr liebte ich diese Frau, deren Blick mich in die Verzweiflung der Leidenschaft trieb. Tränen liefen über ihr Gesicht und sie suchte Halt in meinen Armen, griff nach mir.

Eng aneinander geschmiegt lagen wir da und die Nacht verbarg unser Geheimnis.

13

Der schrille Ton des Weckers riss mich um sieben Uhr morgens aus einem Schlaf, der nicht länger als drei Stunden gedauert hatte. Ich blinzelte durch halb geöffnete Augenlider und erblickte zwischen zerwühlten Laken die nackte Frau, die meiner Leidenschaft ein neues Maß von Intensität vorschrieb. Zärtlich berührte ich ihre Wange, strich über ihre Haare und wagte nicht, sie aus ihren Träumen zu holen. Noch immer atmete ich ihren Geruch auf meiner Haut ein und spürte ihre Finger überall. Ich tastete über meine Scham und musste lächeln. Die Erregung der vergangenen Nacht hatte sich keineswegs verflüchtigt. Der Gedanke an eine kalte Dusche ließ mich erschauern, der Strahl des Wassers würde die letzten Spuren ihres Duftes fortwischen.

Nur mühsam gelang es Vera den Kopf zu heben und auf die Uhr zu sehen, die Arme verschränkt vor der Brust.

»Morgen.«

Kein liebevoller Blick, nur Distanz. Ohne ein weiteres Wort erhob sie sich, griff nach ihrem Badehandtuch und verließ das Zimmer. Panik erfasste mich. Wütend und zugleich verwirrt sprang ich auf und rannte ihr hinterher.

Die Badezimmertür war unverschlossen. Klopfen ersparte ich mir. Mein lautes Eintreten beim Herunterdrücken der Türklinke erschreckte sie nicht einmal.

»Was ist?«

Ihr Blick wanderte über mein erschrockenes Gesicht, zu den nackten Brüsten und tiefer hinab, wo er einen Moment zwischen meinen Beinen verweilte, bevor er zu meinem Gesicht zurückkehrte. Mein Eifer, sie nach dem Grund ihres schnellen Aufstehens zu fragen, hatte mich ganz vergessen lassen, etwas überzuziehen. Die Situation driftete ins Komische und im selben Augenblick mussten wir beide lachen. Spürbare Erleichterung glättete die zwei Fältchen über meiner Nase.

»Sag mir, was los ist, Vera. Habe ich etwas falsch gemacht?«

»Nein, es war wundervoll mit dir.«

Der wehmütige Ton in ihrer Stimme verschaffte mir jedoch keine Genugtuung. Erst als sie auf mich zukam und ihre Arme um meine Hüften legte, verflogen meine Zweifel. Ihre Lippen berührten meinen Mund. Wie eine Ertrinkende griff ich nach ihr und erwiderte stürmisch ihren Kuss.

Von draußen hörte ich Greta rufen.

»Seid ihr im Bad?«

Abrupt drängte Vera mich von sich.

»Ja, du kannst gleich rein.«

Kurz darauf verließ ich als erste das Bad und ging in die Küche. Charlotte bereitete das Frühstück vor. Zu frischen, warmen Brötchen gab es Rührei mit Speck und selbstgemachte Erdbeermarmelade.

»Mach dir nicht so viel Arbeit, Charlotte.«

Sie sah über ihre schmale Brille und kräuselte ihre Stirn.

»Ihr habt einen anstrengenden Tag vor euch. Florenz ist traumhaft, aber die Stadt wird euch schaffen. Allein schon das Autofahren in diesem Schmelztiegel kostet den letzten Nerv.«

Ich setzte mich an den Tisch und schenkte uns einen Espresso ein.

»Warum kommst du nicht mit?«

»Danke, aber die Wintermonate in der Stadt reichen mir. Hier habe ich meine Ruhe, mein Atelier und den Garten.«

»Ich genieße es hier zu sein, du glaubst gar nicht wie sehr.«

»Du kannst jeder Zeit auch allein kommen.«

Charlotte sah zur Tür. Vera kam herein.

»Ihr seht müde aus.«

»Wir haben noch so lange geredet.«

Hilfesuchend wandte sich Vera an mich.

»Ja genau, du weißt ja, wie das so ist.«

Charlotte nickte nur.

Mir knurrte der Magen, als sich Greta endlich zu uns gesellte. Eiligst griff ich nach der Pfanne mit Rührei. Greta musterte mich aus strenggeschminkten Augen.

»Sag mal, was hast du denn heute Nacht angestellt?«

»Wieso, was meinst du?«

Eine spürbare Röte überflutete mein Gesicht. Vera verschluckte sich fast am Rührei. Charlotte sah Greta an und Vera mich. Geistesgegenwärtig wechselte ich das Thema.

»Wann soll's denn los gehen?«

»Ich muss mir die Karte noch mal ansehen.«

Genussvoll biss Greta in ihr Brötchen.

»Wieso Karte, ich denk du kennst den Weg.«

»Ich bin die Strecke erst zweimal gefahren. Florenz ist fahrtechnisch ein echter Alptraum.«

»Na, das kann ja heiter werden.«

»Wenn du die Karte liest, geht bestimmt nichts

schief.« Patzig drehte sich Greta zum Fenster und steckte sich eine Zigarette zwischen die dunkelrot geschminkten Lippen. Vera tat so, als würde sie das alles nichts angehen, außer dass sie es hasste, wenn Greta bereits morgens beim Frühstück rauchte.

»Kommt schon, lasst uns aufbrechen.«

Die Sonnenaufgänge in dieser Gegend sind dermaßen kitschig schön, dass man jedesmal glaubt, vor einem riesigen Plakat zu stehen: besuchen Sie die Toskana, sanfte Hügel in weißem Dunst. Wir fuhren durch Kilometer lange Alleen, rechts Weinberge und links Olivenhaine. Der Geruch von feuchtem Laub strömte durchs offene Fenster und legte sich über das Nikotinaroma von Greta. Es war ihr Wagen. Sie nahm nie Rücksicht auf hustende Beifahrerinnen. Ich saß vorne und klappte die Sonnenblende herunter. Schließlich musste ich beobachten, was im hinteren Teil passierte. Im Radio erklangen die ersten Töne von *Love is all around*. Zwei Augenpaare begegneten sich im Spiegel, tauchten ab und tanzten miteinander ohne Worte. *Wet Wet Wet* deine Küsse und noch viel mehr. Ein Klick und sie hatte ihren Gurt gelöst. Lächelnd lehnte sie sich nach vorn und ihre Hand ging hinunter zu meiner Rechten. Ich fühlte ihre Finger und griff nach ihr. So saßen wir bis zur Stadtgrenze und obwohl mir nach einer Weile fast der Arm abfiel, genoss ich ihre Berührung.

Selbst in einem Land voller atemberaubender Sehenswürdigkeiten übertraf Florenz unsere Erwartung. Wie ein Traumbild lag die Stadt zwischen den Hügeln schwimmend in einer Schale, die Kuppeln der Paläste strahlten im Sonnenglanz. Die sandfarbenen Mauern und unzähligen rosaschimmernden Dächer dominierte der Dom. Eine Stadt mit Eigenarten. Die Fahrt durch enge Gassen, vorbei an finsteren Gebäuden aus dem 19. Jahrhundert ließ die Piazzas im historischen Zentrum noch großzügiger erscheinen. Ein Tag würde nicht ausreichen alles zu erkunden.

Nach einem ausgedehnten Bummel über die Via Tornabuoni, in der sich die klimatisierten Geschäfte der Designer befinden, zog es uns in eines der vielen Cafés auf der Piazza San Marco. Wir nahmen zwei Milchkaffee und einen Prosecco für Greta und beobachteten vorübergehende Geschäftsleute, Touristen und Studenten. Drei attraktive Frauen an einem Tisch, der Blickfang für italienische Männer: »Ciao belle!«

»Wenn ihr nichts dagegen habt, schaue ich noch einmal in dieses Geschäft mit den sündhaft teuren Ledertaschen. Die kleine Schwarze geht mir nicht mehr aus dem Kopf.«

Mir gingen ganz andere Dinge nicht aus dem Kopf. Wie sehr hatte ich mir einen solchen Moment herbeigesehnt. Ein paar Minuten allein mit Vera. Die Eindrücke verblassten neben meinen Erinnerungen an die letzte Nacht. Auffordernd betrachtete ich Vera und wartete auf eine Erklärung.

»Ich habe ein schlechtes Gewissen, deswegen reagierte ich heute Morgen so.«

Die Worte taumelten in meinen Ohren hin und her.

»Bereust du es?«

»Nein, aber ich weiß nicht, wie ich damit fertig werden soll.«

»Mir geht es genauso.«

»Du warst so zärtlich. Wie soll ich das jemals vergessen können?«

»Das musst du nicht.«

»Wir flüchten uns in eine Sackgasse, Conny!«

Die Vorstellung lesbisch zu leben, mich von Wolfgang zu trennen, gelang mir noch nicht. In diesen Tagen wollte ich nur genießen, all die Probleme für kurze Zeit beiseite schieben.

»Vertrau deinen Gefühlen, Vera.«

»Ich weiß nicht, was mit mir passiert.«

Fahrig strich sie sich eine Strähne hinters Ohr und legte den Kopf in den Nacken. Sie schluckte. Ihre Augen füllten sich mit Tränen und ihr Kinn vibrierte. Die Anspannung löste sich in einem gezwungenen Lachen.

»Was soll's, lass uns den Urlaub genießen.«

Sie nahm ihre Sonnenbrille und verbarg ihren verzweifelten Blick.

»Voilà! Seht sie euch an, ein Traum.«

Greta schwenkte ihre neuerworbene Tasche. Trotz ihrer Begeisterung entging ihr keinesfalls die Spannung zwischen Vera und mir.

»Lasst uns weiterziehen. Es gibt noch tausend Geschäfte hier.«

Erschöpft vom Kaufrausch unserer Fahrerin und der Liebe zur Kunst beobachteten wir auf einer Bank am Ufer des Arno den Einbruch der Dämmerung. Auf dem Heimweg wollte uns Greta unbedingt noch ein Aussichtsplateau zeigen, von dem aus wir die abendlichen Lichter der Stadt sehen sollten.

»Mädels, das müsst ihr euch angucken, einfach traumhaft. Es liegt praktisch auf dem Weg.«

Das Plateau lag inmitten von Weinbergen erhaben auf einer steilen Anhöhe. Als ich die schmale Auffahrt erblickte, breitete sich ein mulmiges Gefühl in meinem Magen aus. Ganze 18 Prozent Steigung. Bislang hatte sich Gretas altersschwacher Golf alles gefallen lassen, doch hier wurde es unserem Gefährt zu heikel. Auf dem steilsten und kurvenreichsten Stück versagte er seinen Dienst. Es verschlug uns die Sprache. Greta riss die Handbremse hoch, keine Reaktion, der Wagen rollte Richtung Böschung. Sie trat auf die Fußbremse, nichts. Ich krallte meine Fingernägel ins Armaturenbrett. Kleine Schweißperlen liefen mir den Arm herunter. Vera starrte mit aufgerissenen Augen durch die Heckscheibe, und wir sahen uns bereits den Abhang runter rutschen. Mit voller Kraft stemmte sich Greta noch einmal gegen die Fußbremse, zog mit der rechten Hand die Handbremse bis zum Anschlag hoch und lenkte mit der linken Hand den Wagen um die Kurve. Ihr rechtes Bein begann zu zittern und ihre schweißnasse Hand rutschte kurz vom Lenkrad. Langsam rollte das Auto die abschüssige Auffahrt hinunter. Greta manövrierte uns und ihr Gefährt wohlbehalten aus diesem unvorgesehenen Abenteuer. Auf der sicheren geraden Straße angekommen, stiegen wir mit wackligen Beinen aus. Erleichtert ließ ich mich auf einen Findling am Wegesrand fallen.

»Greta, du schuldest uns eine Zigarette. Soviel zum Thema Lichter der Großstadt.«

Nur langsam senkte sich unser Adrenalinspiegel. Kopfschüttelnd und sprachlos zertrat Greta die Zigarette unter ihren Füßen und wir setzten unseren Heimweg fort.

Später versuchte Vera die Karte zu lesen, doch Greta meinte sich auf ihren Orientierungssinn verlassen zu können. Nur der schwache Kegel der Scheinwerfer erleuchtete die immer holperiger werdende Straße. Ehe wir uns versahen, landeten wir auf einem Feldweg.

»Ich kann mich nicht erinnern, dass wir auf der Hinfahrt über einen Acker gekommen sind.«

»Conny«, schrie mich Greta an, »ich bin weiß Gott nicht zum Scherzen aufgelegt!«

Ihre Nerven lagen endgültig blank.

»Bleibt doch ruhig! Wir werden schon nach Hause finden. Fahr zurück und dann nimm die erste Abzweigung links.«

Die Straßenschilder an dünnen Eisenpfeilern waren verwittert und kaum lesbar. Angestrengt versuchte Vera den Weg zurück zu verfolgen.

»Nicht so schnell. Ich glaube da vorne müssen wir rechts abbiegen.«

»Wie spät ist es eigentlich?«

Mir kam es vor, als würden wir seit Stunden herumirren.

»Ist doch völlig egal.«

Unsere kettenrauchende Chauffeurin war einem hysterischen Anfall nahe.

»Warte mal«, Vera lehnte sich aus dem offenen Fenster, »Stop! Ich habe gerade einen Richtungsweiser nach Volpaia gesehen. Dreh um!«

Tatsächlich, noch vier Kilometer bis zum Ziel. Gegen zehn erreichten wir den alten Wachturm. Charlotte saß im Mantel auf der Terrasse.

»Na, das wurde aber Zeit. Habt ihr euch verfahren?«

»Nie wieder fahre ich im Dunkeln hier lang!«

Greta knallte die Autotür zu und ging ins Haus. Charlotte lächelte über das Temperament ihrer Nichte.

»Sie kann fluchen wie eine italienische Mama. Wollen wir drinnen am Kamin noch ein Glas Wein trinken?«

»Nein danke, ich bin müde und möchte zu Bett gehen.« Vera fragte nicht, ob ich mitkommen wollte, also blieb ich bei Charlotte. Im Innern des Hauses war es angenehm warm und ich ließ mich entkräftet in einen Sessel fallen.

»Habt ihr euch während der Fahrt gestritten?«

»Ach was, Greta weiß doch, wie ich es meine. Wäre Vera nicht gewesen, würden wir wahrscheinlich immer noch über die Landstraße jagen.«

»Wie lang kennst du sie?«

Charlotte schlug die Beine übereinander und lehnte sich zurück.

»Über ein Jahr.«

»Eure Freundschaft erscheint mir sehr intensiv.«

Sie schenkte noch ein Glas Chianti nach.

»Wie man's nimmt. Sie hat großes Vertrauen zu mir, aber sie ist wie eine Muschel, entweder offen oder total verschlossen. Ich weiß dann nicht, was sie denkt, wie sie fühlt.«

Ich wählte meine Worte genau, doch insgeheim wünschte ich mir, Charlotte würde zwischen den Zeilen lesen. Mich kitzelte das Bedürfnis, es jemandem zu erzählen.

»Hat sie Probleme, mit denen sie nicht klar kommt?«

»Wer hat die nicht.«

Charlotte wartete auf eine Antwort.

»Ja, ich glaube, dass ich eine Mauer zu ihr durchbrochen habe, die bereits Moos angesetzt hatte.«

Die Holzscheite im Kamin barsten in der Glut.

Wie mich Charlotte ansah, fragend über die Frage hinaus. Durch jede Geste fühlte ich mich von ihr gedrängt.

»Brichst du vielleicht etwas auf, ohne dir darüber im klaren zu sein, dass sie es gar nicht wahr haben will?«

Wir bewegten uns auf einem schmalen Pfad, der links und rechts ins Nichts führte. Sie wusste, dass ein falsches Wort, eine Vermutung in die richtige Richtung ein Aus unseres Gespräches bedeutete, und doch provozierte ich sie.

»Ich verstehe nicht.«

Charlotte lächelte und senkte den Kopf, um mir Sekunden später direkt in die Augen zu sehen.

»Die Wahrheit über das eigene Leben und das Eingeständnis darüber kann manchmal schmerzhaft sein. Irgendwann macht sie dich dafür verantwortlich. Du bist dann diejenige, die ihr Leben durcheinander gebracht hat. Die Frage ist, ob sie stark genug ist, das zu verkraften.«

»Darüber habe ich noch nie nachgedacht.«

War es Bea mit mir nicht genauso gegangen? Mir wurde kalt, trotz der Wärme des Kamins.

»Bringst du sie dazu, sich mit einem Problem auseinander zu setzen, das sie eventuell jahrelang erfolgreich verdrängt hatte?«

Sie weiß es.

»Und wenn sie unter dem verdrängten Problem leidet?«

»Kannst du ihr vielleicht helfen, wenn sie dich lässt. Anderenfalls zieht sie sich eines Tages von dir zurück. Ich glaube, sie könnte dir sehr weh tun und du würdest es nicht verstehen.«

Ja, das könnte sie, denn es gab nichts mehr, was ich ihr vorenthielt. Meine Seele lag nackt in ihren Händen und sie brauchte nur zuzugreifen.

»Glaubst du wirklich?«

Ich lächelte schwach.

Das Holz im Kamin war heruntergebrannt und mein Glas leer.

»Ich geh schlafen, Charlotte, und danke für das Gespräch.« Sie berührte meinen Arm und sah mir nach, als ich das Zimmer verließ.

Als ich die Nachttischlampe anschaltete, winkte mich Vera mit einer müden Handbewegung ins Bett. Sehnsüchtig schaute ich auf ihre nackten Schultern, konnte der Versuchung nicht widerstehen. Zärtlich streichelte ich ihren Rücken und den Bauch. Sie atmete tief, als ich über ihren Busen strich. Meine Erregung besiegte die Müdigkeit. Was bedeutet Schlaf, wenn dich die Begierde in eine Welt entführt, die Träume niemals erreichen. Nur mit einem Slip bekleidet schmiegte sie sich an mich. Ließ sie es zu, dass ich mich ihrer Lust näherte? Ich nahm mich nicht zurück, denn es brach wie eine Flutwelle über mir zusammen. Das Territorium ihres Körpers erschloss ich mit meinen Händen, zögernd, schwimmend. Wie ein Floß, das sich auf einem seichten Fluss dem immer stärker werdenden Sog nähert. Ich zog ihren Slip behutsam über Zonen, die ich mir unter leidenschaftlicher Berührung brennend wünschte. Unstillbarer Durst nach jedem Partikel ihrer Haut. Über einen pochenden Venusberg trieb ich hinab in ein feuchtes Tal berauschenden Verlangens. Mit kraftvoller Emotion eroberte ich sie, tief in ihr wollte ich sie spüren, beflügelt durch ihr begieriges Stöhnen. Die Beherrschung über verborgene Triebe lockerte sich, frei hob ich mich fort, wie ein Albatros in unbekannte Höhen. Geschmeidige Bewegungen glitten über meine Haut, rieben sich an ihr und zwei Körper verschmolzen. Die Augen geschlossen und in fester Umarmung erbebte sie, als die Ekstase ihren Höhepunkt erreichte. Ihre Hände griffen nach mir, hielten mich umklammert. Ich küsste ihren Nacken und versank in Träume, die ich mit ihr zu leben hoffte.

14

»Komm, ich will raus, den Duft von Olivenbäumen auf der Zunge schmecken. Mit dir im Gras liegen.«

Übermütig manövrierte mich Vera aus dem Bett. Greta und Charlotte machten im Dorf Besorgungen für den Abend und so ließen wir uns von niemandem stören.

Es war sehr angenehm, um diese Jahreszeit noch so viel Wärme zu spüren. Zuhause holten sie bereits die Wintermäntel aus dem Schrank. Doch hier hatten die Sonnenstrahlen noch eine Kraft wie im Mai. Müßig schlenderten wir über einen Hügel, von dem aus der Blick über die Landschaft ins Tal fiel. Schüchtern, wie ein kleines Mädchen, nahm sie meine Hand und führte mich in den Schatten eines alten Baumes. Seine Blätter wirbelten im Wind und gestatteten neugierigen Sonnenstrahlen zuweilen Sicht auf seinen Besuch. Ich lehnte an dem kräftigen Stamm und Vera legte ihren Kopf in meinen Schoß.

»Hier könnte ich stundenlang mit dir sein und alles um mich herum vergessen.«

Ihre Haarsträhnen fielen über meine Finger.

»Auch Wolfgang?«

»Ja, auch Wolfgang, denn wenn ich an ihn denke, fällt mir ein, dass da ein Mensch ist, der auf mich wartet und mich liebt. Doch ich kann diese Liebe nicht mehr erwidern.«

Vera richtete sich plötzlich auf und drehte mir den Rücken zu.

»Das wird schon wieder.«

Stockend holperten die Worte aus ihrem Mund. Ich beugte mich vor und sah ihr Profil. Ihr Antlitz verhärtete sich.

»Vera, ich brauche dich.«

»Hör auf, du würdest dich nie scheiden lassen.«

»Und wenn doch?« Ich ergriff ihren Arm.

»Sieh mich an, bitte. Es ist kein Zufall, dass wir uns getroffen haben. Warum kämpfst du dagegen an?«

»Diese Zärtlichkeit werde ich mit einem Mann nie erleben. Wenn du bei Wolfgang bist, neben ihm liegst, er dich berührt, ertrage ich es kaum und trotzdem hätte ich Angst, wenn du ihn verlassen würdest.« Wütend über ihre Gefühle wischte sie sich die Tränen von den Wangen.

»Du kannst dir nicht vorstellen, wie mich das Zusammensein mit dir belastet, der Druck wird immer unerträglicher.«

Schluchzend vergrub sie ihr Gesicht an meiner Schulter.

»Und wenn ich dich nicht sehe, bei mir habe, drehe ich durch.«

Ihre Arme umschlangen mich. Minutenlang saßen wir so da und ich schluckte meine Verzweiflung herunter.

»Hast du mal ein Taschentuch, mir läuft die Nase.«

Abrupt löste sie sich von mir.

»Hier!«

Ich reichte ihr ein Tempo.

»Was erwartest du von mir, Vera?«

»Nichts!«

Plötzlich strahlte sie eine eigenartige Ruhe aus, doch

die Traurigkeit in ihren Augen blieb. Es herrschte Schweigen zwischen uns und die Stille gebärdete sich drohend. Die Ahnung keimte in mir auf, dass alles was ich tat, irgendwann in einer Sackgasse endete.

»Vera, ich liebe dich und ich kann zu Hause nicht einfach weitermachen, als wäre das alles hier nicht geschehen.«

»Glaubst du, wir sind lesbisch.«

Sie verzog ihr Gesicht, als würde sie etwas Ekliges aussprechen.

»Das ist doch ganz egal, ich begehre dich und ich muss diesem Gefühl keinen Namen geben.«

»Ich bin nicht so wie diese Frauen. Bei uns in der Abteilung arbeitet so eine. Das ist ein halber Kerl.«

Angewidert steckte sie sich eine Zigarette an.

»Seh ich vielleicht aus wie 'n Kerl? Oder du? Ich weiß nur, dass ich für dich mehr empfinde, als ich jemals zugelassen habe. Auf das mit dir Erlebte hab ich mein Leben lang gewartet.«

Fassungslos starrte ich sie an.

»Meine Eltern würden ausflippen, wenn ich mit einer Frau ankäme. Ich höre meinen Vater schon. Der hält Schwule für krank und lacht über sie.«

»Du bist für die Einstellung deiner Eltern nicht verantwortlich und du kannst dich nicht an ihr orientieren. Du musst dein Leben leben. Willst du denn immer das tun, was deine Eltern für richtig halten, ohne an dich zu denken?«

Dachte ich nicht genauso, bevor ich sie traf? Hat nicht Bea vor Jahren das Gleiche zu mir gesagt? Ich wusste ja selbst noch nicht, wie ich meinen eigenen Kampf bestreiten sollte.

Die Nachmittagssonne neigte sich dem Untergang und ihre Wärme wich aus unseren Körpern.

»Komm, lass uns zurückgehen. Die beiden warten sicher bereits mit dem Abendessen auf uns. Na los.«

Sie griff nach meiner Hand und wir rannten den Hügel hinab. Jeden Moment würden sich unsere Füße vom Boden lösen und wir könnten federleicht ohne die Last des morgigen Tages in die Lüfte steigen, mit den Wildgänsen fliegen, bis uns die Wärme des Daseins wieder nach unten führt.

Greta und Charlotte schauten gleichzeitig zur Tür, als wir die Küche betraten.

»Na, hattet ihr einen schönen Tag?«

Charlotte deckte den Tisch, während Greta mit spitzen Fingern den Salat zupfte. Ich lächelte Vera beruhigend an.

»Ja, es war wundervoll.«

Greta grinste in die Salatschüssel, sagte aber nichts.

»Ich dachte, wir zaubern heute ein richtig feines Abschiedsessen.«

Unsere Gastgeberin zog ein Backblech mit einer würzig nach Rosmarin und Knoblauch duftenden Pizza aus dem Ofen.

»Conny, öffne doch bitte den Wein.«

Charlotte zeigte auf den Tisch.

»Und Vera, hol du bitte die Antipasti aus der Speisekammer, das Brot steht im Regal.«

Ein behagliches Treiben breitete sich aus und jede begann unseren letzten gemeinsamen Abend mitzugestalten. Ich faltete die Servietten und wagte ab und zu einen Blick auf Veras Gesten, während sie mit Greta sprach, einen Tropfen Essig von ihrem Finger leckte oder sich die Haare mit dem Arm aus dem Gesicht strich.

»Wo ist die Pfeffermühle, Charlotte?«

Greta drehte sich herum und stupste Veras Hinterteil an.

»Ciao bella!«

Mich entzückte die Offenheit meiner Freundin Vera gegenüber, hatte Greta doch zu Anfang gar nichts an ihr gelegen. Vielleicht trieb sie auch ein klein wenig die Eifersucht. Aber warum diese Wandlung? Was soll's, keine schweren Gedanken mehr!

»Avanti, meine Lieben.«

Charlotte scheuchte alle zu Tisch.

»Das mit dem Tischgebet sparen wir uns. Nur eines möchte ich noch sagen. Es hat mir viel Freude bereitet euch hier zu haben und ihr könnt jederzeit wiederkommen.«

»Danke, Charlotte, für alles!«

Ich erhob mein Glas und zwinkerte ihr zu.

»Salute!«

Greta brachte mit ihrer Trinkfreude die Gläser zum Klingen.

Vera nahm einen kräftigen Schluck Wein und schenkte sich das Glas nach kurzer Zeit wieder voll. Auch den Grappa zwischendurch ließ sie nicht aus. Ich hielt mich zurück, war es doch unsere letzte Nacht.

»Wann wollen wir morgen los?«

»Nicht zu früh, Greta, zehn Uhr reicht aus.«

Ich sah auf mein Handgelenk. Die Zeit rannte davon und keine Minute konnte ich festhalten. Auf die erste Flasche Wein folgte eine weitere und Vera trank unablässlich. Beim vierten Grappa sah sie mich an, bevor sie ihn hinunterschluckte. Allem Anschein nach wollte sie sich betrinken.

»Vera! Haust du dir heute einen in die Rüstung?«

Greta staunte über die ungewohnte Trinkfreude ihrer Tischnachbarin.

»Du musst morgen auch fahren.«

»Das schaffe ich schon.«

Sie bemühte sich die Worte klar und deutlich auszusprechen, doch es gelang ihr nicht mehr. Plötzlich stand sie auf und wollte zu Bett gehen.

»Ich werde mit gehen.«

Charlotte und Greta nickten mir zu. Vorsichtig lavierte ich sie in unser Zimmer. Sie schwankte an meinem Arm.

»Komm, ich helf dir die Sachen auszuziehen.«

»Nein, das kann ich alleine.«

Bei dem Versuch, sich die Bluse aufzuknöpfen, ließ sie sich aufs Bett fallen.

»Küss mich, Conny, morgen ist alles vorbei und wir fahren nach Hause, du zu deinem Mann und ich zu meinem Freund.«

Sie schlang ihre Arme um mich. Sanft hauchte ich einen Kuss auf ihre Lippen.

»Du bist mein wahr gewordener Traum.«

»Ja, ich war dein Traum.«

»Du bist es immer noch und wirst es immer sein.«

»Ein Traum, der nie Wirklichkeit wird. Dieser Urlaub ist nicht unsere Realität. Verheiratet, Familie, ein Haus im Grünen, das ist doch auch meine Vorstellung.«

Ihre Wangenknochen traten hervor, blanke Verzweiflung zeichnete ihr Gesicht.

»Vera, ist es wirklich deine Vorstellung vom Leben?« Ich konnte ihr keinen Halt geben, ihr nicht sagen, dass ich alles für sie aufgeben würde, obwohl ich es im Innersten meines Herzens längst wusste.

»Lieber überwinde ich mich mit einem Mann zu schlafen, als am Rande einer Gesellschaft zu leben, die mich wie eine Aussätzige behandelt.«

Ihre Augen sahen durch mich hindurch und sie begann sich von mir zu entfernen. Das Boot, auf dem sie stand, trieb immer mehr ab. Ihre Einstellung schokkierte mich zutiefst und meine Kraft, unsere Liebe zu verteidigen, schwand mit jedem Blick und jedem Wort von ihr. Hilflos sah ich mit an, wie sie versuchte, unsere Gefühle für einander zu zerstören. Ich berührte ihre Wange, doch sie wich zurück.

»Mir ist schlecht.«

Mit vorgehaltener Hand lief sie aus dem Raum und ich hörte, wie sie sich im Badezimmer übergab.

»Ist bei euch alles in Ordnung?«

Greta sah zur Tür herein. Stumm schrie ich es aus mir heraus: »Ich weiß nicht mehr, was ich tun soll. Warum hilft mir denn niemand?«

»Nein, Greta, es ist okay, sie hat nur zu viel getrunken. Gute Nacht.«

Müde lächelte ich ihr zu.

»Bis Morgen.«

Ihr wissender Blick irritierte mich. Auch wenn sie etwas ahnte, so konnte ich ihr doch nicht vertrauen. Kurz darauf kam Vera ins Zimmer zurück, sie musste Greta auf dem Flur noch begegnet sein. Blass und mit schweißnassem Gesicht legte sie sich ins Bett. Sie zitterte am ganzen Körper, zog die Decke bis zum Kinn und drehte sich auf die Seite. Ich berührte die feuchten Haare auf ihrem versteinerten Gesicht.

»Fass mich bitte nicht an.«

Ihre letzten Worte in dieser Nacht. Worte, die mir so weh taten. Mit aller Macht arbeitete sie an der Zerstörung meiner Gefühle für sie. Sollte ich sie hassen?

Noch vor ein paar Stunden hatte ich in ihren Armen gelegen. Der Morgen an dem ich aufwachte. Ich spürte, wie sie zärtlich mein Gesicht streichelte.

»Ich liebe es, dich zu berühren.«

Sanft glitt ihre Hand über meinen Rücken und verweilte in der Mulde oberhalb meines Pos. Die Bettdekke schob sie langsam bis zu meinen Fesseln herunter, um gleich darauf die Innenseiten meiner Schenkel leicht zu massieren. Ich hielt den Atem an, als sie sich zu mir herunter beugte, die Partien meiner Hüften küsste, ihre Zunge provozierend abwärts bewegte und mich liebevoll drängte, mich auf den Rücken zu drehen.

»Ich will dich küssen, überall.«

Mit den Händen griff ich in ihre Haare und schloss die Augen, lehnte mich zurück und genoss die kleinen lustvollen Stöße ihrer Zunge zwischen meinen Beinen.

»Vera ...«

Ich wölbte mich ihr entgegen, stöhnte leise, den Körper starr vor Lust, ungewolltes Zittern der Beine. Mit festem Griff umschloss sie mein Becken, ich war gefangen, ausgeliefert dem Saugen ihrer Lippen, der geschmeidigen Bewegung ihrer Zunge. Plötzlich hielt sie inne und rekelte sich mit ihren Brüsten über meinem Bauch. Ich spürte die Härte ihrer Brustwarzen und tastete nach den weichen Rundungen. Fordernd drang ihre Zunge in meinen Mund, wild, stürmisch. Kurz darauf empfing ich sie heiß und feucht. Ich konnte es nicht länger ertragen auf ihre Berührungen zu verzichten. Immer heftiger stemmte ich mich ihr entgegen. Jede Faser meiner Muskeln gespannt, überfiel mich eine Explosion im Zentrum meiner Lust und ich verlor mich in Ekstase. Noch lange hielt ich sie fest in mir. Tränen liefen über mein Gesicht und sie küsste meine Augenlider sanft und beruhigend.

»Ich wollte es so sehr, Conny.«

Entspannt blickte ich in ihre dunklen grünen Augen. Sie war die Frau in dem Buch, in dem Film, in meinem Leben, das aus den Fugen geriet. Ich tanzte am Kraterrand des Vulkans und wollte verbrennen.

Ich fühlte mich jämmerlich, ausgelaugt von der Nacht. Meine Augen brannten und mein Körper fühlte sich an, wie in einen Schraubstock gezwängt. Allein saß ich auf der Rückbank, hoffte Veras Blick im Spiegel zu begegnen, doch sie starrte stundenlang aus dem Fenster. Greta fuhr die erste Etappe unseres Heimwegs. Als ich sie nach drei Stunden ablöste, wechselte Vera nach hinten, sie wollte schlafen. Greta gab sich alle Mühe mich abzulenken. Eifrig suchte sie in einer Illustrierten nach den Klatschnachrichten.

»Na also, jetzt lässt sie sich doch scheiden.«

Mir wich sämtliche Farbe aus dem Gesicht.

»Wer lässt sich scheiden?«

»Lady Di natürlich! Was will die auch mit diesem Segelohrenkavalier im Schottenrock. Hab ich sowieso nie verstanden.«

Lässig zündete sie sich eine Zigarette an.

»Gibst du mir auch eine?«

»Mir auch bitte.«

Vera erwachte für einen Augenblick zum Leben.

»Klar Mädels, bedient euch nur, ihr schuldet mir mindestens zwei Packungen.«

»Kannst du mal dieses Geschnulze weiterspulen, es nervt.«

»Hört mal, wenn ihr schlechte Laune habt, lasst die bitte nicht an meinem exquisiten Musikgeschmack aus. Aber bitte, wir können auch Aerosmith hören.«

Greta wechselte die Musik und drehte die Lautstärke hoch. Die Bässe vibrierten und ich drückte aufs Gaspedal. Ich wollte nur noch nach Hause, raus aus dem Wagen, weg von ihr. Die Stunden vergingen, rasten an uns vorbei und gegen Mittag erreichten wir München. Wenn Greta nicht so gedrängelt hätte, etwas essen zu wollen, ich wäre durchgefahren.

»Ich glaube du spinnst, bis Hannover sind es noch sechshundert Kilometer. Vera fährt jetzt.«

»Dann geh ich nach hinten.«

»Nein, das wirst du nicht. Du setzt dich auf den Beifahrersitz, kippst die Lehne und ruhst dich aus. Du bist eh schon länger gefahren, als du solltest. Hinten stehen die ganzen Weinkisten. Ihr macht mich noch wahnsinnig!«

»Ich fahr den Rest der Strecke.«

Vera legte den Gang ein und fuhr zügig vom Rastplatz.

»Macht doch, was ihr wollt.«

Auf den letzten hundert Kilometern regnete es in Strömen und kurz hinter Kassel standen wir auch noch geschlagene zwei Stunden im Stau. Vera beachtete mich überhaupt nicht. Ich hätte auch seit München tot im Sitz liegen können. Ich versuchte diese Frau zu hassen, ich wollte sie hassen. Sie nahm mir die ganze Kraft, die ich in der Woche gesammelt hatte. Ich brauchte sie so sehr, um eine Entscheidung zu treffen, und das wusste sie.

Als wir auf den Hof unseres Hauses fuhren, brannte Licht im Wohnzimmer. Ich nahm meinen Koffer und umarmte Greta. Vera und ich hatten uns bereits in der Nacht verabschiedet. Wolfgang hatte uns kommen hören und trat aus der Haustür. Greta blendete noch einmal auf und fuhr mit Vera davon.

»Na, da bist du ja endlich, ich wollte mir gerade Spaghetti kochen.«

Er nahm mich in den Arm und küsste mich.

»Hallo!«

Ich lächelte mühevoll.

»Ich bin total kaputt.«

»Komm erst mal rein.«

Mit einer Hand griff er nach dem Koffer, stellte ihn in den Flur und half mir aus der Jacke. Aus dem Wohnzimmer tapste unser Stubentiger Whisky und begrüßte mich mauzend. Schnell hob ich ihn auf den Arm, drückte ihn an mich.

»Na, du dickes Tier, deine Dosenöffnerin ist wieder da.«

»Lass uns in der Küche weiterreden. Das Wasser für meine Nudeln kocht.«

Whisky befreite sich aus meiner Umarmung und sprang auf einen der Küchenstühle, mit wachen Augen wartend, ob nicht vielleicht ein kleines Stück Schinken zu Boden fiel. Erschöpft setzte ich mich an den Tisch.

»Und wie war es, erzähl!«

»Traumhaft.« Ich musste an die Nächte mit Vera denken.

»Die Tage sind viel zu schnell vergangen und die Toskana ist noch schöner, als ich sie mir vorgestellt hatte.« Meine Gedanken gingen zurück zu unserem Spaziergang. Wolfgang stand am Herd und rührte die Sahnesoße.

»Na, dann hat sich eure Reise ja gelohnt. Hier ist nicht viel passiert. Ich habe die meiste Zeit im Büro verbracht und mich ab und an mit Max getroffen, nichts Weltbewegendes.«

Und ich habe mit einer Frau geschlafen, auch nichts Weltbewegendes. Wie konnte ich ihm das nur antun? Ich habe wahrscheinlich das erste Mal in meinem Leben schlicht und ergreifend an mich selbst gedacht, an niemanden sonst. Ich bereute nichts. Mit dieser neuen

Seite meines Selbstbewusstseins würde ich mich früher oder später aus unserer Ehe hinauskatapultieren.

»Wie viele Nudeln möchtest du?«

»Was? Du, ich glaube, ich habe gar keinen Hunger.«

Überrascht drehte sich Wolfgang zu mir um.

»Wie, du hast doch noch nichts gegessen.«

»Ich mag nicht, die Currywurst heute Mittag war so fett.«

»Und die beste Laune scheinst du auch nicht zu haben.« Missgestimmt setzte er sich zu mir.

»Wolfgang, ich bin bloß müde.«

»Dann geh doch ins Bett.«

Seine Worte klangen scharf und zugleich enttäuscht.

»Lass uns bitte nicht streiten.«

Ich war es so leid. In jeder Silbe schwangen Schuldzuweisungen und Unzufriedenheit mit. Unsere Gefühle drängten nach Klärung wie durch ein nahendes Gewitter, das die Luft frisch und rein hinterlässt. Wir sahen beide die dunklen Wolken, die sich schwer über unsere Ehe legten, und die immer drückender werdende Last nahm uns die Luft zum Atmen. Still ergaben wir uns der Lethargie.

»Sei mir nicht böse, aber es ist wirklich besser, wenn ich schlafen gehe.«

Ich musste jetzt allein sein, nachdenken, wie es weitergehen sollte. Noch vor einem Jahr schien alles in Ordnung, doch jetzt drohte mein vermeintlicher Lebenstraum, an dem ich verzweifelt festhielt, in den Untiefen meiner Gefühle zu versinken.

Übermüdet löschte ich das Licht und mein Hirn begab sich auf der Suche nach einer Lösung in dichtes Gestrüpp. Ich konnte nicht einschlafen, wälzte mich von einer auf die andere Seite, stellte mich schlafend, als Wolfgang ins Bett kam. Sie wird sich beruhigen, kaum dass sie morgen aufwacht vermisst sie mich schon wieder. Charlottes Worte rasten durch mein Hirn. Es ist nur eins von ihren Spielchen, um den Reiz zu erhöhen. Morgen wird sich alles klären.

15

Ich öffnete die Augen, neben mir die zurückgeschlagene Decke, das zerwühlte Kissen. Mir war entgangen, wann Wolfgang an diesem Morgen das Haus verlassen hatte. Ich war allein und froh, nicht reden zu müssen. Meine unausgeschlafenen Gedanken kreisten müde um ein Problem, das ich durch Grübeln nicht lösen konnte. Vera! Nur ein Gespräch mit ihr würde die Erlösung aus dunklen Vorahnungen bringen. Ich musste mit ihr reden. Sie hatte, wie ich, noch einen Tag Urlaub. Eine telefonische Ankündigung ersparte ich mir. »Wenn es dir total dreckig geht, und das Ungewisse wie eine Wand erscheint, gibt es Zeichen, die dich führen.« Felizitas sagte es damals zu mir und ich hielt es für Schwachsinn. Jetzt ertappte ich mich dabei, wie ich Ausschau hielt. Wenn sie tatsächlich zu Hause ist, wird alles gut. Wir werden zusammen reden, uns küssen und ... und wie geht es weiter? An diesem Morgen schien die Sonne, doch die Luft war kalt und roch nach Winter. Ich fuhr langsam durch die Anliegerstraßen unserer Siedlung, denn die Schulkinder auf ihren Mountain-Bikes hatten meist Besseres zu tun, als auf den Verkehr zu achten. Von weitem sah ich ein kleines Mädchen vom Hof fahren. Oder war es ein Junge? Sie radelte mir mit zerzaustem blonden Haar entgegen. Na, wieder mal spät dran? Mit voller Kraft stemmte sie sich in die Pedale. Ihre Wangen schimmerten rot und mit diesem Wenn-ich-einmal-groß-bin-Blick lächelten mich ihre Augen an ... Dann mache ich, was ich will, beendete ich in Gedanken diesen Satz. Und das Mädchen auf dem Bonanza-Rad mit dem Bananensattel war nicht mehr zu sehen.

Auf dem Schnellweg in Richtung Oststadt spielten sie im Radio unser Lied und alles in mir hoffte inbrünstig, dass sie mich sehnsüchtig erwartete. Ich hielt den Atem an, als ich klingelte. Der Summer an der Tür befreite mich zumindest von der Angst, kein klärendes Gespräch führen zu können. Schnellen Schrittes ging ich vom Fahrstuhl zu ihrer Wohnung, deren Tür nur angelehnt war. Sie erwartete mich, saß auf dem Sofa, die Arme verschränkt vor der Brust. Ihr Augen sahen an mir vorbei. Nur ihre Angespanntheit ließ mich erkennen, dass sie mich überhaupt wahrnahm.

»Lass uns reden, Vera!«

»Es gibt nichts mehr zu reden.«

Ihre Stimme klang eiskalt.

»Was soll das heißen?«

Meine Hände zitterten. Jedes einzelne Wort war ein Schlag ins Gesicht. Der Boden unter meinen Füßen tat sich auf, dunkel, neblig, ohne Grund.

»Das, was ich sage!«

Sie schluckte. Schluckte sie verzweifelt die Tränen hinunter, bemüht die Beherrschung zu bewahren, oder wollte sie ein Spiel beenden, indem sie kaltblütig zwei Kegel vom Spielfeld stieß?

»Vera, bitte gib uns noch eine Chance!«

Ich berührte ihren Arm, die Muskeln angespannt. Sie hatte ihre Entscheidung längst ohne mich getroffen.

»Ich glaube, es ist besser, du gehst jetzt.«

Kein Ausdruck in ihrem Gesicht, eine starre Maske, wie eine Marionette, die nur den Mund bewegt.

»Erklär es mir, das bist du mir schuldig.«

Ich fiel in ein Loch, Metallspitzen bohrten sich in meinen Körper.

»Da gibt es nichts zu erklären. Es ist, wie es ist. Ich will dich nicht mehr sehen!«

Sie presste die Lippen aufeinander. Jede Bewegung kontrolliert.

»Weißt du, was du mir antust?«

Ich umklammerte mit den Händen den Stuhl auf dem ich saß so fest, dass die Finger weiß wurden.

»Ja!«

Sie zögerte kurz, bevor sie weitersprach: »Geh jetzt bitte.«

Ich versuchte den Schmerz hinunterzuschlucken. Mein Wille, das Problem zu lösen, einen Weg für uns zu finden, war gelähmt. Wie ein Kind im dunklen Wald, so tastete ich mich zur Haustür. Raus auf die Straße, sonst würde ich ersticken. Kein Abschiedsblick, kein letztes Wort, nur weg. Mechanisch bewegte ich mich zu meinem Auto, stieg ein und drehte das Radio laut bis zum Anschlag. Mein Kopf drohte zu zerspringen, mein Brustkorb zu zerbersten. Tränen stiegen mir in die Augen, meine Fäuste ballten sich auf dem Lenkrad. Langsam sackten die Worte ins Bewusstsein. »Geh jetzt«, »Ich will dich nicht mehr sehen«, bevor ihre Bedeutung in meiner Brust eine riesige Wunde riss. Ich drehte den Zündschlüssel um, da kamen sie, bahnten sich ihren Weg über meine Wangen, versuchten den Schmerz zu löschen. Der Krampf begann sich zu lösen und eine Welle heißer Tränen überschwemmte mein Gesicht. An der nächsten Ecke hielt ich an, nicht fähig länger auf den Verkehr zu achten. Ich nahm die Brille ab und schmeckte das Salz auf den Lippen, die sich mühten die unerträgliche Last herauszustoßen. »Nein, nein, NEIN!« Nichts wollte ich mehr als sie – zu spät. Ich hämmerte die Fäuste in den Sitz, schluchzte haltlos. Ich stand auf einem Trümmerfeld, die geliebte Frau verloren und meine Ehe zerstört. Alles auf Rot gesetzt, den gesamten Einsatz an Gefühlen. Die Kugel rollte, und solange sie das tat, konnte ich überlegen, wie ich das Spiel, das keines war, gewinnen konnte. Doch nun lag sie tonnenschwer auf Schwarz. Alles verloren. Warum hatte ich nicht den Mut aufgebracht, einen Schlussstrich unter meine Ehe zu ziehen, bevor ich mit Vera in die Toskana fuhr? Wusste ich doch, dass mich nichts und niemand mehr aufhalten würde, meine Gefühle zu ihr lebendig werden zu lassen. Einen Seitensprung kann meine Ehe verkraften, aber nicht die Liebe zu einer Frau.

Wie in Trance fuhr ich nach Hause und wünschte mir, Wolfgang wäre da. Er würde mich in den Arm nehmen und ich könnte ihm alles sagen. Voller Verständnis hätte er mir über den Schmerz hinweggeholfen und mit der Zeit dazu beigetragen, dass ich Vera vergesse. Ich versuchte rational zu denken, beschloss mir eine zweite Chance zu geben. Irgendwie musste ich über Vera hinwegkommen.

In den folgenden Wochen bemühte ich mich vergebens nicht an Vera zu denken. Mit dem Gedanken an sie wachte ich morgens auf und schlief spät in der Nacht mit ihm ein. In meinen Träumen liebten wir uns, stritten miteinander und redeten. Ich sehnte mich jede Minute nach ihren Berührungen. Unzählige Briefe schrieb ich ihr, doch nur wenige schickte ich ab. Es folgten drei, vier Tage Hoffnung auf eine Antwort, die ausblieb. Ich lag stundenlang auf dem Teppich, hörte *Nessun dorma* von Pavarotti und trank Unmengen Rotwein, bis mir übel wurde. Wolfgang war oft auf

Geschäftsreise oder kam nach Hause, wenn ich bereits im Bett lag und mich schlafend stellte. Der Anrufbeantworter blinkte und mein Herz raste. Ich machte mich zur Sklavin dieses Gerätes und fühlte mich jenseits des pulsierenden Lebens. Keine andere Nachricht, die mich interessierte. Keine Freunde, mit denen ich mich treffen wollte. Der Tag hatte für mich hundert Stunden. Anfangs versuchte ich noch, mich zusammenzureißen, auch Wolfgang zuliebe, doch mit den Wochen wurde ich mir egal. Jeden Abend heulte ich mich in einen Schlaf, der nur dazu diente, die Schmerzen für Stunden auszuschalten. Ich sah mein Spiegelbild nicht mehr an. Was mich da angestarrt hätte, war eine trostlose, leere Hülle, die nur noch träge funktionierte.

»Verdammt, was ist los mit dir? Seit Wochen hast du schlechte Laune.«

Wolfgang beobachtete mich, wie ich mit der Gabel in meinem Essen herumstocherte. Er interpretierte mein Verhalten als schlechte Laune? Ich konnte es nicht glauben. Waren wir uns so fremd geworden, dass er nicht erkannte, wie schlecht es mir ging? Ich war nicht in der Lage, mich auf eine Diskussion einzulassen.

»Ich habe einfach keinen Hunger.«

»Das dürfte wohl kaum dein einziges Problem sein.«

»Lass mich doch nur ein wenig in Ruhe.«

Ich distanzierte mich immer mehr von ihm und es war mir egal, nichts hatte mehr Sinn.

Ruhig, voll beherrschter Wut presste er die Worte heraus: »Das mache ich nicht mehr lange mit, lass dir was einfallen.«

Er stand auf und verließ das Wohnzimmer. Ich hörte

nur, wie er seinen Autoschlüssel griff und die Haustür zuknallte.

An einem Freitagabend rief Greta an. Sie wollte mich sehen, sofort. Ich sollte bei ihr schlafen, denn sie meinte, es würde spät werden.

»Conny, milde ausgedrückt, du siehst echt übel aus. Setz dich hin, ich schenke uns ein Glas Wein ein.«

Nachdem sie das getan hatte, setzte sie sich mit einem Seufzer neben mich auf die Lehne des Sessels.

»Was ist los mit dir? Ich kann mich nicht erinnern, dich in den letzten Wochen lachen gesehen zu haben.«

Was sollte ich ihr darauf antworten? Ich konnte ihr doch nicht die Wahrheit sagen.

»Ich stecke in einer Krise. Eheprobleme.«

Unsicher starrte ich in mein Weinglas.

»Du hast dich von allen zurückgezogen, selbst dein Mann kommt nicht mehr an dich heran. Ich habe ihn gestern getroffen. Der läuft auch nur noch wie Falschgeld rum. So kann das mit euch nicht weitergehen. Erzähl mir endlich, was mit dir los ist.«

Ihr Ton wurde aggressiver.

»Ich weiß nicht, was in mir vorgeht. Zur Zeit glaube ich, den Boden unter den Füßen zu verlieren. Meine Ehe scheint mir aus den Händen zu gleiten und ich kann nichts dagegen tun.«

»Ja, aber warum denn nur? Es muss doch einen Grund geben.«

Alles in mir verkrampfte sich und ich brachte kein Wort heraus.

»Sag mal, Conny, wann hast du Vera das letzte Mal gesehen?«

Was bezweckte sie mit dieser Frage?

»Vor drei Monaten.«

Ich versuchte den Worten keine Bedeutung beizumessen.

»Vor drei Monaten? Was ist vorgefallen?«

»Wir haben uns gestritten.«

»Sie will dich nicht mehr sehen, stimmt's?«

Greta rückte näher an mich heran. Ich schluckte, konnte keine Silbe mehr herausbringen und nickte nur noch. Im nächsten Moment verlor ich die Beherrschung und wahre Sturzbäche schossen aus meinen Augen. Die Anspannung in mir löste sich und hatte mit einem Mal ein Ventil gefunden.

»Es wird Zeit, dass du endlich redest, Conny.«

Greta zog mich an sich.

»Ich kann nicht mehr, Greta.«

Mir versagte die Stimme.

»Es war mehr als nur Freundschaft zwischen euch, nicht wahr?«

Ich nickte.

»Das habe ich bereits in der Toskana gemerkt. Man konnte es euch ansehen und ich habe mit Charlotte darüber geredet. Ihr ist es auch aufgefallen.«

»Ich liebe sie und sie will nichts mehr von mir wissen.« Greta reichte mir ein Taschentuch.

»Hast du mit ihr geschlafen?«

»Ja.«

Froh es ausgesprochen zu haben, bekam ich wieder Luft. Mein Körper verkrampfte sich nicht länger.

»Dachte ich mir. Wahrscheinlich kann sie nicht dazu stehen, deswegen hat sie den Kontakt zu dir abgebrochen.«

»Glaubst du, es war alles nur ein Spiel für sie?«

»Nein, sie empfindet sehr viel für dich, das konnte ich in der Toskana eindeutig sehen. Sie versucht von dir loszukommen. Und das kann sie nur, wenn sie dich nicht mehr sieht. Du hast da offensichtlich etwas bei ihr freigelegt, was sie zu verdrängen versuchte. Sie geht den Weg des geringsten Widerstandes. Ein Kämpfen um dich kommt für sie nicht in Frage. Schließlich bist du auch noch verheiratet.«

Greta neigte den Kopf zur Seite und sah mich fast mütterlich an.

»Und wenn ich mich scheiden lassen würde?«

»Es geht hier nicht um die Frage, ob sie zu dir zurückkommt, wenn du dich scheiden lässt. Du musst wissen, was du willst. Ob ein Zusammenleben mit Wolfgang überhaupt noch möglich ist. Glaubst du, das war ein Ausrutscher?«

»Ich weiß es nicht, ich weiß es wirklich nicht.«

»Was ist mit deinen Gefühlen für Wolfgang?«

»Ich liebe ihn auch, aber anders. Das weiß ich aber erst, seit ich diese Gefühle für Vera habe. So stark habe ich noch nie für einen Menschen empfunden. Seitdem sie sich von mir zurückgezogen hat, ist mir alles egal geworden. Meine Ehe, mein Job, meine Familie.«

»Sie wird nicht glauben, dass du für sie dein bisheriges Leben aufgibst. Und wahrscheinlich hat sie Angst vor ihren eigenen Gefühlen. Sie will sich nicht eingestehen, dass sie eine Frau liebt. Vera ist eine von den Frauen, die lieber unglücklich mit einem Mann lebt als vielleicht glücklich mit einer Frau.«

»Wenn sie doch nur etwas mehr Geduld gehabt hätte.«

»Was wäre dann? Stell dir vor, sie würde zu dir kommen und eine Entscheidung von dir verlangen. Könntest du Wolfgang wirklich verlassen?«

»Ich denke Tag und Nacht an sie. Starre wie blöd auf das Telefon, in der Hoffnung, dass sie anruft.

Wolfgang und ich streiten uns nur noch. Am liebsten würde ich alles hinschmeißen.«

»Dann tu es, und warte nicht darauf, dass Vera zu dir zurückkommt.«

Sie machte eine Pause.

»Du bist noch nicht so weit. Es ist dir noch nicht alles egal, aber du wirst deinen Weg früher oder später finden. Dabei kann ich dir auch nicht helfen. Du musst da ganz alleine durch. Tu nicht, was andere von dir erwarten. Maßgebend ist, dass du glücklich bist. Mach deine Entscheidungen nicht von anderen abhängig.«

Besorgt sah mich Greta an. Sie hatte recht und plötzlich fielen mir wieder die Worte von Bea ein. Es ist mein Leben und ich habe nur das eine. Dass alles so kommen würde, hatte Bea vorausgesehen, aber ich wollte es nicht wahrhaben. Sie kannte mich besser als ich. Es war an der Zeit, mir einzugestehen, dass ich Frauen liebte. Ich konnte nicht länger mit Wolfgang zusammen sein. Auch um seinetwillen musste ich unsere Beziehung beenden. Nie könnte ich ihn so leidenschaftlich lieben, wie ich Vera liebte.

Nach dem Gespräch mit Greta wühlte ich zu Hause meinen Schrank durch und suchte den Brief von Bea. Ich musste mit ihr reden, nur hatte ich keine Ahnung, wo sie wohnte. Vier Jahre waren inzwischen vergangen. Ich telefonierte mit Freunden und versuchte über die Auskunft ihre Nummer herauszubekommen. Niemand wusste, wo sie hingezogen war. Ich verzweifelte bereits, als mir einfiel, dass sie gewiß noch hier studierte. Am darauffolgenden Morgen rief ich aus der Firma im Studentenbüro der Uni an. Ich gab mich als die zuständige Sachbearbeiterin ihrer Krankenkasse aus und erfuhr so ihre aktuelle Anschrift und Telefonnummer. Ohne Zeit zu verlieren, wählte ich mit zittrigen Fingern ihre Nummer.

»Ja, hallo?«

Sie war tatsächlich zu Hause.

»Hey, Bea.«

Ich wusste im ersten Moment gar nicht, was ich sagen sollte. Mein Herz raste.

»Wer ist denn da?«

Sie klang gereizt.

»Ich bin's, Conny.«

Stille.

»Ob du es glaubst oder nicht, aber ich habe heute an dich gedacht. Wie kommt es, dass du anrufst?«

»Bea, ich weiß nicht mehr weiter.«

»Was ist passiert?«

»Du hattest recht mit allem, was du mir damals gesagt hast.«

Ich versuchte zu lachen, doch es gelang mir nicht. »Stell dir vor, ich habe eine Frau kennen gelernt.«

»Wollen wir uns treffen? Ich glaube nicht, dass wir das am Telefon besprechen sollten.«

»Ja, heute Abend im Lunablue?«

»Okay, um sieben. Ich werde da sein.«

16

Nervös saß ich in dem neuen Lokal in der Nordstadt. Der alte Werkshof erstrahlte nach monatelangen Renovierungsarbeiten in neuem Glanz aus Stahl und Glas. Die Wände im mediterranen Stil naturbelassen verputzt, zu teakfarbenen Tischen und Stühlen. Ich rührte in meinem Tee, beobachtete die Eintretenden und den Minutenzeiger einer Bahnhofsuhr über der Bar. Draußen leuchtete der Schriftzug des Lunablue wie der einer Strandbar in eisiger Kälte. Schneeverhangene Wolken wurden von der frühen Dunkelheit versteckt. Kurz nach sieben, wo blieb sie nur? Rotnasig und flügelschlagend trat eine vermummte Gestalt durch die Eingangstür und lenkte ihre wohlvertrauten rehbraunen Augen nach kurzem Suchen in meine Richtung. Erleichtert, im Warmen zu sein, nahm sie ihre Mütze ab und schüttelte lange blonde Haare frei. Vier Jahre lagen zwischen ihrem Blick und dem, der mich nicht hatte erkennen lassen, dass er für lange Zeit der letzte sein sollte. Keine euphorische Umarmung, kein Schulterklopfen, nur ein »Hallo«. Sie legte ihre Jacke über die Stuhllehne, setzte sich mir gegenüber und wartete auf eine Reaktion. Ich nahm ihre Hand. Sie war kalt und zitterte ein bisschen.

»Danke, dass du gekommen bist.«

»Ich habe unsere Freundschaft nie für beendet erklärt.«

Verlegen zündete sie sich eine Zigarette an.

»Ich auch nicht.«

»Haben Sie schon gewählt?«

Eine junge Frau mit kurzen roten Haaren lächelte Bea an und nahm ihre Bestellung auf.

»Sie sieht süß aus, verkehrst du hier öfter?«

Grinsend sah sie ihr hinterher.

»Du stehst wohl immer noch auf rote Haare?«

»Ach Gott, erinnere mich nicht daran. Dich hat sie doch auch um den Finger gewickelt.«

Die Bedienung stellte ihr das Bier vor die Nase und zwinkerte kokett, bevor sie sich wieder den anderen Gästen widmete.

»Wie machst du das nur?«

»Ich flirte eben gern.«

Ihre lockere Art ließ mich zu einem inneren Gleichgewicht finden und verschaffte mir das Gefühl, in ihrer Nähe ich selbst zu sein.

»Allerdings, du hast dich nicht geändert.«

»Ich nicht, aber du, wie mir scheint, sonst hättest du mich nicht angerufen.«

»Finden wir auf diesem Wege wieder zueinander? Musste es erst so kommen?«

»Dir muss es ziemlich beschissen gehen.«

Ich schluckte und holte tief Luft.

»Ich habe zu lange gebraucht, um mich zu verstehen und bin dabei alles zu verlieren.«

»Was verlierst du, ein Luftschloss?«

Ich lächelte zynisch.

»Nein, zwei Menschen, die ich liebe.«

»Mach dir doch nichts vor, Conny!«

Ärgerlich nahm sie einen großen Schluck von ihrem Bier. »Deswegen bin ich doch nicht hier.«

» Ich habe mich in diese Frau verliebt.«

»Nein, das ist nicht der Punkt. Du hast dich nicht in diese Frau verliebt, sondern in *eine* Frau und hast endlich erkannt, wie du wirklich fühlst.«

Ich hatte eindeutig die Gabe, mir für die schlimmsten Momente meines Lebens die Härtesten auszusuchen.

»Sag mir, was ich tun soll.«

»Oh nein, sag du es mir.«

»Ich steh an einem Abgrund und wenn ich springe, weiß ich nicht, ob ich auf eine weiche Matte falle oder auf Beton.«

»Ich will dir ja nicht den Mut nehmen, aber geh davon aus, auf Beton zu landen. Es wird ein langer Prozess, bis du deine Vergangenheit hinter dir gelassen hast. Deine Eltern werden geschockt sein, die Freunde in deiner Clique ebenfalls. Was Wolfgang betrifft, wird er eure ganze Beziehung in Frage stellen.«

Sie beugte sich über den Tisch und stützte ihr Kinn auf eine Faust. Ihre Augen fragten mich nach einer Antwort.

»Glaubst du, ich habe ihm jahrelang etwas vorgemacht? Das ist Quatsch. Ich hatte Spaß am Sex, nur ...«, ich stockte.

»Nur wusstest du nicht, ob das, was da in dir schlummerte realisierbar war und alles bis dato Erlebte an Gefühlen in den Schatten stellte, stimmt's?«

»Erst als ich eine Frau geliebt habe, wusste ich, was mir gefehlt hat.«

»Blödsinn! Es war nie hundert Prozent. Du hast dich nur damit abgefunden und nicht ihm, sondern dir selbst etwas vorgemacht.«

Je länger ich darüber nachdachte, umso mehr wurde mir bewusst, wie sehr ich den anderen ein Bild von mir verkauft hatte, dem ich nicht entsprach.

»Erzähl mir von ihr.«

Bea biss herzhaft in ihre Chicken Wings. In knapp zwei Stunden berichtete ich ihr über die Entwicklung unserer »Freundschaft« bis zum Aus meiner Beziehung zu Vera. Ich bemühte mich auch die Kleinigkeiten zu erwähnen. Vielleicht konnte Bea mir sagen, ob ich mir ihre Gefühle zu mir nur eingebildet hatte. Sie hörte geduldig zu, ohne nachzufragen.

»Verstehst du? Und jetzt will sie mich nicht mehr sehen.«

»Sie liebt dich.«

»Na toll, davon merke ich im Moment nichts.«

Natürlich wollte ich genau das hören.

»Wie sieht es denn mit dir aus? Verlässt du Wolfgang?«

»Ja, er verdient eine bessere Frau als mich.«

»Tu mir einen Gefallen und rede dir keine Schuldgefühle ein. Du kannst am wenigsten dafür, so zu empfinden.«

»Aber du hast damals schon geglaubt, ich sei eine ... eine Lesbe.«

Was für ein grässliches Wort! Klingt wie das fiese stechende Insekt, das nur darauf aus ist, sein nächstes Opfer zu finden. Ich glaube fast, diese Assoziation ist gewollt.

»Meine Liebe, du bist noch weit davon entfernt, eine Lesbe zu sein. Erst wenn du dich darüber hinweghebst, ein Schimpfwort darin zu sehen, stehst du auch dazu.«

Bea, die lesbische Feministin. Sie sah ihren Kampf darin, die von Männern regierte Welt an der Wurzel zu packen und weibliche Innovation voranzutreiben. Sie leitete seit zwei Jahren Wen-Do Kurse an der Uni: Selbstverteidigung mit Körper und Sprache. Besonders der Sprache in ihrer männlichen Gewichtung machte

Bea den Garaus. Erst im Laufe unseres Gespräches bemerkte ich ihre verfrauten Wortwendungen. Na gut, dachte ich, soll sie. Ich hielt ihre Haltung für übertrieben und auf die Stirn brauchte ich mir das nicht zu schreiben. Warum wurde alles so kompliziert, nur weil ich eine Frau liebte?

»Je länger du es lebst und dich von den üblichen Strukturen unseres Gesellschaftsystems distanzierst, umso mehr begreifst du, wie klein deine Welt ist. Versuch ein gutes Buch aus der Weltliteratur über eine lesbische Liebe zu finden, oder geh ins Kino, in der Hoffnung, einen guten Film über unsere Gefühle zu sehen. Selbst Schwule haben eine größere Auswahl.«

»Bitte verschone mich mit diesem Thema. Das interessiert mich im Augenblick herzlich wenig.«

Ich war nervlich am Ende, und sie textete mich mit feministischen Kommentaren zu.

»Sagst du es ihm?«

Ihre eben noch resolut klingende Stimme entfaltete ein fürsorgliches Timbre. Überrascht über den Richtungswechsel schluckte ich, um nicht meine Fassung zu verlieren.

»Ja. Ich kann ihn nicht belügen, er muss doch wissen, warum ich ihn verlassen werde, das bin ich ihm schuldig.«

Bea verdrehte die Augen.

»Bist du noch jemandem etwas schuldig?«

Ihre provokante Frage machte mich rasend.

»Ja, mir bin ich das Leben schuldig, das ich längst hätte leben sollen. Verdammt, Bea, ich bin fast zweiunddreißig!«

»Vielleicht brauchtest du die Erfahrung mit Wolfgang.«

»Ich hatte eine traumhafte Hochzeit. Du hättest mich

sehen sollen. Es war mein glücklichster Tag und …«, mir versagte die Stimme, »ich hab ihn wirklich geliebt.«

Bea streichelte meinen Arm und entgegnete mir sanft: »Ich glaube es dir.«

»Sechs Monate später war ich schwanger.«

Die Betonung meiner Worte klang, als hätte ich sie aus einem Buch vorgelesen. Bea richtete sich erschrokken auf und begegnete meinem Blick mit aufgerissenen Augen.

»Du warst schwanger?«

»Nicht so laut, Bea, die anderen schreiben schon mit.«

»Ich fasse es nicht. – Was ist passiert?«

Sie reichte mir eine Zigarette.

»Es wollte wohl nicht.«

Seit zwei Jahren hatte ich jeden Gedanken an dieses Erlebnis verdrängt. Ich konnte es einfach nicht verarbeiten.

»Möchtest du darüber reden?«

»Nein. Es ist, wie es ist, und vielleicht besser so.«

Wir sahen einander an, eine Weile fiel kein Wort. Die Atmosphäre war ruhig und wir fühlten uns beide nicht gezwungen etwas zu sagen. Ihr Blick nahm mich in den Arm, tröstete mich, alles wird gut. Ich weinte innerlich um all das Verlorene.

»Möchtet ihr noch etwas trinken?«

Die kleine Rothaarige beäugte Bea intensiv.

»Wir möchten zahlen, oder?«

Ich nickte.

Draußen auf dem Hof begrüßte uns ein dicker Mond, der in der eisig klaren Sternennacht beschützend leuchtete.

»Wenn du meine Hilfe brauchst, bin ich da, sofort. Du kannst jederzeit anrufen, wenn du glaubst, es nicht zu schaffen. Es gehört viel Kraft dazu.«

Ihre Nähe tat mir so gut. Gott, wie hatte ich sie vermisst. Endlich konnte ich mit einem Menschen reden, der mich verstand.

»Noch heute abend werde ich mit Wolfgang sprechen.«

»Gut, dann lass uns gehen, du hast noch viel vor.«

»Ich melde mich.«

Der Videorecorder im Wohnzimmer nahm leise surrend den Film »Portrait einer Ehe« auf. Konnte ich daraus noch etwas lernen? Eine verheiratete Frau Mitte dreißig entdeckt die Liebe zu ihrer besten Freundin. Wie sag ich's meinem Ehemann? Die Digitalanzeige zeigte 21.03. Normalerweise machte Wolfgang zwischen sieben und acht Feierabend. Musste er ausgerechnet an diesem für mich so wichtigen Abend länger arbeiten? Ich sah auf unser Hochzeitsfoto über dem Fernseher und suchte das Glück in meinen Augen. Damals glaubte ich, dass es Liebe war. Ich schwor es vor Gott und allen Anwesenden in der Kirche, überzeugt, richtig zu handeln. Schuldgefühle gegenüber Wolfgang schlangen sich wie eine Boa um meinen Hals und schnürten mir die Kehle zu. Was tue ich ihm nur an? In diesem Moment fühlte ich mich so unsagbar allein. Niemand konnte mir bei diesem Schritt zur Seite stehen.

Der Schlüssel drehte sich im Schloss. Ich saß auf dem Teppich und zog die Knie dicht an mich heran, so wie ein Tier, das in die Ecke gedrängt wird und Angst hat, gefressen zu werden. Ein Mantel wurde ausgezogen, an einen Bügel gehängt und der Aktenkoffer rutschte über die Fliesen im Flur. Er räusperte sich, bevor er ins Wohnzimmer trat.

»Hallo, gibt es noch etwas zu essen?«

Wolfgang hatte den Hausschlüssel noch in der

Hand, als wollte er gleich wieder gehen. Selbst die kleinen alltäglichen Zärtlichkeiten, wie der obligatorische Begrüßungskuss, hatten sich irgendwann davongestohlen. Unser Miteinander wirkte wie eine Arktislandschaft, deren Kälte hingenommen wurde.

»Im Eisfach ist noch Pizza.«

»Nein danke, die hatte ich heute Mittag schon.«

Jeden Abend diese Streitigkeiten wegen Lappalien. Dass ich ihm ein warmes Essen servierte, gehörte für ihn zu den Selbstverständlichkeiten in einer Ehe. Ich kann mich allerdings nicht erinnern, etwas derartiges unterschrieben zu haben. Meine so genannte Aufmüpfigkeit nahm Wolfgang zum Anlass, mir vorzuhalten, ich sei nicht mehr die Frau, die er geheiratet hatte.

»Kannst du trotz deines Selbstfindungstrips ab und an noch mal was Anständiges kochen?«

»Wolfgang, ich glaube nicht, dass hier unser Problem liegt.«

Jetzt kochte ich allerdings vor Wut. Gab es einen günstigeren Moment als diesen, ihm alles zu sagen?

»Unsere Probleme kann ich nicht mehr zählen. Weißt du überhaupt, wann wir das letzte Mal zusammen geschlafen haben?«

Er stand noch immer vor mir.

»Setz dich bitte.«

Ich griff nach seiner Hand und zog ihn zu mir herunter. Die dunklen Ränder unter seinen Augen zeigten mir, wie sehr auch er an dem Zerfall unserer Ehe litt. Es musste ein Ende haben.

»Wolfgang, ich kann nicht mehr.«

Ein müder Blick heftete sich auf sein Gesicht. All die Aggressivität, aufgestaut durch monatelangen Frust, wich aus seinen Augen und sie strahlten weich und verletzlich.

»Ich auch nicht.«

»Für uns gibt es nur die Möglichkeit der Trennung.« Nichts regte sich in seiner Mimik, außer einem nervösen Wimpernschlag. Eine unerträgliche Stille legte sich über unsere Zweisamkeit, die keine mehr war.

»Hast du dir deine Entscheidung gründlich überlegt?«

»Ich denke seit Wochen an nichts anderes.«

»Verdammt, Conny, es fing doch alles so gut an. Woran ist es gescheitert?«

Jeder Muskel in mir verkrampfte sich. Siehst du es denn nicht? Ist dir diese Freundschaft nie eigenartig vorgekommen? Fragst du dich gar nicht, warum ich zu Vera keinen Kontakt mehr habe? Stumm schrie ich es: Deine Frau ist eine Lesbe, eine LES-BE!

»Es klappt einfach nicht mehr zwischen uns. Deine Vorstellung von Eheleben entspricht nicht der meinen.« Kleinlaut fügte ich hinzu: »Nicht mehr.«

»Was ist los mit dir? Denkst du nur noch an dich?«

Verzweifelt versuchte er sich zu beherrschen, doch seine sonst so streng kontrollierten Gefühle ließen sich nicht länger zurückhalten. Meine Emotionen antworteten ihm mit der gleichen Intensität.

»Ja, stell dir vor, ich denke über mich und meine Bedürfnisse nach. Vielleicht bin ich aus einem Dornröschenschlaf erwacht.«

»Du machst es dir wirklich sehr einfach.«

Der Zeitpunkt, ihm die Wahrheit zu sagen, konnte nicht schlechter gewählt sein.

»Bitte, Wolfgang, glaubst du, ich stecke das einfach so weg? Mir geht es doch genauso schlecht wie dir.«

Alles drehte sich in meinem Kopf. Wollte ich wirklich einen Schlussstrich ziehen? Könnte ich tatsächlich mit einer Frau zusammenleben? War es nicht nur der

Wunsch nach einer anderen Zärtlichkeit? Das Einzige, was ich mit Bestimmtheit sagen konnte, war das Bedürfnis, allein und ohne Druck herauszufinden, welches Leben ich leben wollte.

»Du willst so schnell wie möglich ausziehen, nicht wahr?«

Ich sah ihm an, dass er sich die Antwort bereits selbst gegeben hatte.

»Ja, ich brauche Abstand. Wir streiten uns, sobald wir uns nur sehen. Du ziehst es vor im Büro zu bleiben und ich flüchte mich zu Greta. Ich habe einfach keine Kraft mehr.«

In diesem Moment, als ich es aussprach, empfand ich Erleichterung. Wolfgang zündete eine Zigarette an und reichte sie mir. Behutsam strich er über meine Hand.

»Ich glaube, du hast recht. Entweder merken wir dadurch, wie sehr wir zusammen gehören, oder ...«

Er sprach nicht weiter.

»Oder wir werden die besten Freunde.«

Dieser Mistkerl. Konnte er nicht rumschreien und sich wie ein Arschloch benehmen. Es wäre so viel einfacher. Nein, er machte auch noch Anstalten, mich in den Arm zu nehmen.

»Lass es, Wolfgang.«

Ich wand mich. Jede Berührung hätte das Kartenhaus meiner Fassung einstürzen lassen.

In den folgenden Wochen suchte ich nach einer Wohnung in der Stadt. Schnell fand ich eine kleine, aber teure Bleibe. Egal, Hauptsache raus, denn unser gemeinsames Wohnen in dem Haus wurde zur Nervenprobe. Wir stritten nicht mehr, sondern gingen freundschaftlich miteinander um, geradezu liebevoll. Der

Anschein einer intakten Ehe weckte in mir Angst, er wolle es ein weiteres Mal versuchen. An unserem letzten gemeinsamen Abend vor meinem Auszug bat er mich zu bleiben.

»Conny, wir können es schaffen.«

»Nein, Wolfgang! Es ist vorbei.«

Mit festem Blick sah ich ihn an.

»Denk erst mal über alles nach, ich will dich ja nicht drängen.«

»Du wirst mich nicht mehr wollen.«

»Ich kann mich ändern, wenn du mir Zeit gibst. Vielleicht ist alles zu eingefahren. Gib uns beiden eine Chance.«

Er sagte es, obwohl er selbst nicht mehr daran glaubte. Diese Liebe, die er mir plötzlich entgegenbrachte, rammte mir einen Pfahl ins Herz. Noch in diesem Augenblick verfluchte ich meine Gefühle zu Vera.

»Ich habe dich betrogen.«

Schweißtropfen standen mir auf der Stirn. Mir wurde übel. Wolfgang starrte mich an, ohne entsetzt zu sein.

»Okay, das kann passieren.«

Er hielt seine Hände, als wolle er meinen Hals umschließen und den Namen aus mir herausschütteln.

»Sag mir wer. Ein Typ aus unserer Clique?«

Sein Kinn vibrierte.

»Es war kein Mann.«

Der Rücken tat mir weh, die Augen brannten, ausgeheult.

»Sag mir ihren Namen.«

»Du weißt es doch längst.«

Meine Schläfen hämmerten.

»Wer ist es?«

»Vera.«

Kein Wort mehr, nur sein Blick. Kein Versuch, es klein zu reden.

Der Moment, als ich den Schlüssel auf den Küchentisch legte, war wie das Verlassen eines alten Lebens, in das ich nie wieder zurückkehren würde.

17

Die Tür zu meiner neuen Wohnung ließ sich kaum öffnen, als es klingelte. Das Renovierungschaos beherrschte den Flur, das Wohnzimmer und den Raum, den ich zur Schlafstätte auserkoren hatte. Zur Zeit gab es für ihn wahrhaftig keinen anderen Verwendungszweck als eben den, darin zu schlafen. Am besten strich ich ihn trauerflorschwarz.

Krampfhaft versuchte Bea sich durch den Türspalt zu zwängen. Ein Besenstiel traf sie beim Eintreten. Sie fing sie geschickt ab.

»Kannst du mir sagen, wozu diese Scheißstange hier steht?«

»Die Decke.«

»Was ist mit der Decke?«

»Sie muß gestrichen werden.«

Ich deutete auf die Verlängerungsstange. »Und wo du sie schon mal in der Hand hast ...«

»Ich brauche ein Bier. Wie steht es mit dir?«

Ein kurzer Blick und sie wühlte sich vor bis zur Küche, hangelte sich über Kisten und trat gegen den Kühlschrank.

»Wo hast du den denn her?«

Sie nahm zwei Flaschen heraus.

»Vom Flohmarkt. Ist aus den 70ern, toll, oder? Hat mich nur fünfzig Mark gekostet.«

»Super, Conny! Ich bin stolz auf dich. Das zahlen

andere, um so ein Umweltmonster verschrotten zu lassen.«

»Nöl mich nicht voll, das Ding ist Kult. Außerdem kostet mich dieses niedliche kleine Appartement ein Vermögen an Miete.«

»Hast du vielleicht das eine oder andere Teil aus dem Haus mitgenommen?«

Bea sah mich an, als ob ich im Büßerhemd gegangen wäre.

»Natürlich! Meinst du, Wolfgang hätte mich übers Ohr gehauen? Das meiste hat er doch sowieso bezahlt. Parkettfußboden und Holztreppe konnte ich wohl schlecht mitnehmen. Er hat mir außerdem den Zweitwagen gegeben. Den hat er auch bezahlt.«

»O.k., o.k., Wolfgang ist, was die Spezies Mann anbetrifft, die löbliche Ausnahme. Ich gebe zu, dass ich mich in ihm getäuscht habe. Ich an seiner Stelle wäre ausgerastet, wenn meine Freundin mich mit einem Kerl betrogen hätte.«

»Seine Gefühle für mich hatten nie die Intensität einer großen Liebe. Es fehlte bei uns beiden die Leidenschaft. Vielleicht wusste er es instinktiv.«

»Was, dass du lesbisch bist?«

»Wohl kaum, aber ich war immer mehr der Kumpel für ihn als die Geliebte.«

»Apropos Geliebte, lass uns das Thema wechseln. Ich kenne mich in den Abgründen der männlichen Psyche nicht aus. Was ist mit Vera?«

»Vera!« Allein wenn ich ihren Namen aussprach, überkamen mich multiple Depressionsschübe. Ich seufzte und nahm einen tiefen Zug von meiner Zigarette.

»Am besten erwähnst du ihren Namen nicht.«

»Sie schwirrt dir immer noch im Kopf rum?«

»Wenn ich an sie denke, setzten mindestens zwanzig Körperfunktionen gleichzeitig ein. Oder aus.«

Mein gequältes Grinsen entging Bea nicht.

»Hat es dich so sehr erwischt?«

Meine aufgesetzte Unbeschwertheit verflüchtigte sich.

»Bea, wann hört das endlich auf? Es ist, als ob ein Teil von mir fehlt. Plötzlich fange ich an, Dinge und Situationen mit ihren Augen zu sehen, denke wie sie, fühle wie sie. Eine Musik, die mich an sie erinnert, ein Geruch. Sie ist immer da. Jede Ablenkung ist eine Farce, jedes Lachen eine Überwindung. Verstehst du, dieses Gefühl frisst mich von innen her auf.«

»Komm mal her.«

Bea griff mich mit ihren weiß gesprenkelten Händen und zog mich in ihre Arme. Ich wollte Vera keine Träne mehr opfern, doch meine konstruierte Rüstung erwies sich als zu klapprig, um der Wucht meiner Sehnsucht zu widerstehen.

»Warum wache ich nicht morgens auf und alles ist vorbei?«

»Weil dein Herz noch nicht so weit ist.«

»Gibt es nicht schon gute Kunstherzen?« Ich musste lachen.

»Na also, es geht doch. Das machst du jetzt jeden Tag ein bißchen länger.«

»Wenn sie doch nur noch einmal mit mir reden würde.«

»Ruf sie an, was hast du zu verlieren?«

Ich prustete die Luft aus meinen Wangen.

»Och, gar nichts, außer dass ich mich total lächerlich mache, weil ich zum hundertsten Mal ihren AB bequatsche.«

»Ist sie noch mit diesem Typen zusammen?«

»Klar, wenn sie sich wieder von ihm ficken lässt, ist doch alles in Ordnung. Warum sollte sie ihn verlassen?«

»Glaubst du, sie hat die Sache mit dir einfach so weggesteckt?«

Bea tunkte die Rolle in den Farbeimer und zog die erste Bahn an der Decke.

»Ich habe sie seit sechs Monaten nicht gesehen. Rufe ihren blöden AB an, um ihre Stimme zu hören. Sie hat es nicht für nötig gehalten, mir etwas zu erklären. In Stapeln von Briefen habe ich sie darum gebeten. Keine Antwort, nicht die leiseste Resonanz. Ich scheine für sie nicht mehr zu existieren. Wochenlang habe ich mir die Augen aus dem Kopf geheult und sie verflucht, tausendfach. Wenn sie zu feige ist, ihr kleines verlogenes Spießerleben aufzugeben, dann hat das nichts mit Gefühlen zu tun. Dann war das alles nur ein Spiel für sie.«

»Hört, hört! Da spricht die Schutzheilige der Lesben. Noch hast du dich nicht vor deinen Eltern geoutet. Und vielleicht gibt es Menschen, die nicht so stark sind wie du. Und eventuell ergeht es ihr genauso wie dir. Woher willst du wissen, dass sie so abgezockt ist?«

»Woher soll ich wissen, dass sie es nicht ist? SIE SPRICHT VERDAMMT NOCH MAL NICHT MIT MIR!«

Ich leerte den Rest der Flasche in einem Zug, stand auf und rührte die Farbe für das Schlafzimmer an.

»Es muss doch eine Möglichkeit geben, mit ihr zu reden, sonst kannst du die Krankenhausrechnung für die bevorstehende psychiatrische Behandlung an sie schikken.«

»Wie es mir geht, ist ihr doch völlig egal. Wahrscheinlich glaubt sie noch, ich hätte ihr was in den

Kaffee getan. Schließlich habe ich sie nicht vergewaltigt.«

Ich erinnerte mich an diese Szene in der Küche. Freunde von mir gaben eine Party. Vera und ich hatten uns bereit erklärt, um Mitternacht den Kaffee zu kochen. In unserer Clique war es üblich, um diese Uhrzeit Kaffee und Kuchen zu kredenzen. Auf der Treppe vom Partyraum zur Küche streifte ihre Hand meinen Po.

»Es kann sehr lange dauern, bis zehn Tassen Kaffee durchgelaufen sind.«

Den ganzen Abend reizte sie mich schon mit Blikken. Die pure Lust sprach aus ihren Augen.

»Vera!«

Sie wirkte leicht angetrunken. Verführerisch lehnte sie sich in ihrem roten Kleid an die Spüle. Ihre laszive Haltung verschlug mir den Atem. Ein Spaghettiträger rutschte langsam über ihre nackte Schulter, und ihre vom Tanzen verschwitzten Haare fielen ihr widerspenstig ins Gesicht. Eine Tochter Aphrodites?

»Komm her!«

Mir fiel fast der Kaffeefilter aus der Hand. Ich umfasste ihre Hüften und ihre grünen Augen ließen mich ihre geheimsten Wünsche sehen. Fordernd drang sie mit ihrer Zunge in meinen Mund, wühlte mit den Händen in meinen Haaren und zog mich fest an sich heran.

»Du könntest jetzt alles mit mir machen.«

Sie stöhnte die Worte in mein Ohr. Eine ungeheure Welle der Lust überfiel mich, denn sie hatte noch nie so deutlich ausgedrückt, wie sehr sie mich wollte. Ich vergrub meinen Kopf zwischen ihren Brüsten, liebkoste sie mit der Zungenspitze und schob mit den Händen ihr Kleid über die angespannten Oberschenkel.

»Conny, ich kann nicht mehr warten ...«

Meine Finger wanderten über ihren Slip, streiften den Stoff über ihrer Scham. Sie zuckte und sank in meine Arme.

»Du machst mich wahnsinnig. Ich will dich spüren, Conny!«

Feuchte Lust umschloss meine Finger, ihre Lippen preßten sich gegen meine. Schnelle Bewegungen. Sie atmete stoßweise und ich spürte ihre Fingernägel in meinen Oberarmen.

Eine Tür fiel ins Schloss. Schritte auf dem Flur. Blitzschnell raffte sie ihr Kleid herunter.

»Wo bleibt denn der Kaffee?«

Der Löffel mit dem Pulver zitterte in meiner Hand.

»Gleich, Greta, wir haben uns verquatscht.«

Vera war nichts anzumerken. Das kurze, heftige Intermezzo glitzerte lediglich in ihren Augen.

»Die Farbe für die Decke ist alle!«

»Was ist los?«

»Ach so, ja, ich hol neue.«

»Und bring was zu trinken mit.«

Bea trank Bier wie Wasser. Egal, und wenn wir uns heute Abend einen in die Rüstung kippen, interessiert das n-i-e-m-a-n-d-e-n. Ein herrliches Gefühl, endlich frei zu sein.

»Und wann gehen wir in die Szene?«

Es platzte aus mir heraus. Ich drohte zu explodieren. Keine Minute länger wollte ich warten, um herauszufinden, ob Vera ein Einzelfall war. Conny allein unter Frauen.

»Nächsten Samstag ist Frauendisko im Sub. Ich komme mit, schließlich sollte ich auf dich aufpassen.«

»Wieso denn aufpassen? Ich bin über dreißig, kann

mir allein die Schuhe zubinden und mich halbwegs artikulieren.«

»Und wenn dich nun eine anmacht?«

»Das hoffe ich! Wie flirtet frau eigentlich mit einer Frau?«

Bea zerwühlte ihre blonde Mähne. Ihr Malerkäppi hatte alles platt gedrückt.

»Gehst du jetzt in die Vollen oder was?«

»Ja genau. Ich werde mich verführen lassen, abschleppen, mit einer Frau ins Bett gehen. Sonst noch Fragen?«

»Was ist denn plötzlich in dich gefahren?«

Ich hörte auf zu streichen und fuchtelte mit dem Pinsel vor Beas Nase herum.

»Ich bin fast zweiunddreißig und habe vor sechs Monaten das erste Mal mit einer Frau geschlafen. So richtig, verstehst du? Das Wort Lust hat sich mir in einer neuen Dimension präsentiert. Ich will es wissen und endlich meine sexuellen Phantasien ausleben. Vera war für mich der Inbegriff von Erotik. Diese Frau hat ihren Weg gewählt, ohne mich. Soll sie glücklich werden – was ich bezweifle. Eines Tages werde ich vielleicht eine Kurzgeschichte über sie schreiben. Womöglich sehe ich dann alles klarer.«

Entschlossen, an diesem Abend noch das Wohnzimmer zu streichen, griff ich zur Lammfellrolle, legte mich ins Zeug und … hörte das Telefon klingeln.

»Wer hat denn deine Nummer, außer mir?«

Übersät mit weißen Spritzern beäugte mich Bea neugierig.

»Für den Fall, dass du sie vergisst, mein Schatz, habe ich sie vorsichtshalber Greta gegeben.«

»Ach, die Dunkelhaarige!«

Bea zog die linke Augenbraue hoch. Diese Gestik

beherrschten wir beide aus unserer Enterprise-Kindheit.

»Ja?«

Mir wurde schwindlig beim Klang dieser Stimme. Mein Magen machte Flickflack und meine Beine ließen mich im Stich. Wie eine Marionette, der man die Fäden abschneidet, plumpste ich auf eine Umzugskiste.

»Woher hast du meine Nummer? – Greta, na klar.«

Ich schüttelte den Kopf, als Bea mit den Lippen den Namen Wolfgang formte.

»Fast auf den Tag genau sechs Monate.«

Sie klang unsicher und schien jedes Wort noch während des Sprechens zu überlegen.

»Natürlich können wir uns sehen, wann? – Von mir aus auch morgen. O.k.! Um acht im Wintergarten. – Ja, mir geht es gut, und dir?«

Setzte gerade mein Herzschlag aus? Ich fasste mir an die Brust und versuchte tief durchzuatmen, ohne dass sie es hörte. Bea hielt inne mit dem Streichen und setzte sich mir gegenüber. Veras Stimme zeigte kein Volumen, sie klang verzweifelt.

»Gut, bis morgen.«

Wie in Zeitlupe legte ich den Hörer auf die Gabel.

»Mir ist schlecht.«

»Unglaublich, diese Frau meldet sich nach über sechs Monaten bei dir und du fällst ihr praktisch in die Arme! Deine Wut auf sie ist wohl verflogen?«

Bea sah mich an, als handelte es sich bei mir um eine psychisch Kranke mit ausgeprägtem Sinn zur Selbstzerstörung. Irritiert saß ich noch immer auf dieser Kiste und bewegte meinen Kopf von der einen zur anderen Seite. Zeigte sich jetzt das Ergebnis meiner Einbildungskraft?

»Hallo, Conny! Nun komm mal wieder runter. Ich fasse es nicht, meine beste Freundin, eine devote Persönlichkeit.«

Sie wollte mich sehen. Das unerträgliche Warten ergab endlich einen Sinn. Augenblicklich formten sich Worte zu Sätzen, so vieles, was ich ihr unbedingt sagen musste, frei von Zweifeln. Ich konnte ihr beweisen, wie ernst es mir mit der Trennung war.

»Conny!«

»Was ist denn?«

Gereizt blickte ich zu Bea und in ihren Augen offenbarte sich mir die Tragweite meiner Hirngespinste.

»Was willst du ihr denn sagen? Hey, hier bin ich. Ich habe meinen Mann verlassen und habe mich als Lesbe geoutet. Prima, du wirst nur noch eine Staubwolke von ihr sehen.«

Bea konnte so gnadenlos realistisch sein.

»Das ist die Aussprache, auf die ich so lange gewartet habe.«

»Versau es nicht, deine Erwartungen hängen am höchsten Mast. Bei deiner Konsequenz könnte sie es mit der Angst bekommen und dann verlierst du sie für immer.«

»Selbstverständlich werde ich ihr nicht sagen, wie sehr ich sie vermisst habe, noch nicht, aber ...«

»Nichts aber, lass sie reden und verlang keine Entscheidung von ihr.«

18

Ich glaubte, alles sei greifbar, wenn ich es nur wollte. Nicht ich drehte mich auf der Erde, nein, die Erde sollte sich einmal um mich drehen. Es gab für uns keine andere Chance als diese. Nur, wie sollte ich sie davon überzeugen, dass jener steinige Weg gemeinsam gangbar ist und wir es in der Hand haben, die Steine Stück für Stück klein zu klopfen. Ich wusste, dass in ihr genug Kraft steckte, die Herausforderung anzunehmen, wenn sie mich liebte.

Ich sah mich den ganzen Tag über außerstande etwas zu essen, dachte nur an den Abend, die Stunden mit ihr. Wie wird sie aussehen, wie wird sie mich begrüßen? Ihr Gesicht lebte in jeder Zelle meines Gehirns, in jeder Kammer meines Herzens und kein Schatten trübte das Bild. So viele Tage, Wochen und Monate konnten die Intensität meiner Gefühle zu ihr nicht mindern. Noch immer spürte ich jede ihrer Berührungen, hörte ihr Flüstern, roch den Duft ihrer Haut. In knapp einer Stunde würde ich wieder in ihre Augen sehen. Der Gedanke daran bescherte meinem Inneren ein mittelschweres Beben, ließ meine Hand fahrig zum Autoschlüssel greifen. Ich fuhr durch die anbrechende Nacht und bemerkte, dass es schon wieder länger hell blieb. Der kalte Winter wehrte sich noch, doch unaufhaltsam bahnte sich der Frühling seinen Weg. Schmutziger Schnee schmolz auf den Straßen. Er wirkte trist, aber bald schon würden die Bäume Knospen treiben. Die Hoffnung auf einen Neuanfang trieb mich zu unserer Begegnung.

Als ich die Kneipe betrat, der Wirt mich nickend begrüßte, eilte mein Blick über die Stühle hinweg zu ihr. Sie saß in der Ecke links neben einem der Fenster, in einer Nische, die nicht sofort von jedem einsehbar war. An den Wänden hingen Bilder von großen Frauen der Filmgeschichte, die noch den Traum von göttlichen Stars verkörperten und den Menschen ein glanzvolles Leben vorspielten.

Die Erinnerung an die Vergangenheit und eine Gegenwart, die nichts zurückbringen würde, spiegelte sich im Schimmer ihrer Augen. Die Haare trug sie jetzt kürzer. Ich war mir nicht sicher, ob mir die neue Frisur gefiel. Sie wirkte so fremd. Alles an ihr schien im ersten Moment fremd. Für Sekunden zögerte ich, auf sie zuzugehen. Die Bluse, die sie trug, stand ihr nicht, viel zu bieder. Ein Lächeln stahl sich über ihre Lippen, als sie mich erblickte. Jene Lippen, die mich berührt hatten. Hände auf dem Tisch, die nicht wussten wohin. Umarme mich. Mit wackligen Beinen trat ich zu ihr an den Tisch. Der vertraute Duft ihres Parfums weckte Bilder im Schaufenster meiner Seele. Wie sehr hatte ich sie vermisst! Meine Beherrschung ein einziger Kraftakt.

»Hallo.«

In dem Aschenbecher vor ihr registrierte ich drei zerdrückte halb gerauchte Zigaretten.

»Hey, wartest du schon lange?«

»Nein, gerade erst gekommen.«

Ihre Mundwinkel zuckten und das Make up überdeckte die dunklen Ränder unter ihren Augen nur schlecht. Ich setzte mich.

»Wie geht es dir?«

Blöde Frage. Sie hatte mindestens sechs Kilo abgenommen und ihre Finger griffen fahrig zur nächsten Zigarette.

»Sieht man das nicht?«

Die Worte klangen vorwurfsvoll.

»Peter hat Schluss gemacht.«

Sollte ich Schuld an dem Desaster ihrer Beziehung sein? Wollte sie sich bei mir ausheulen? Ich blieb unberührt von dieser Nachricht.

»Hast du geglaubt, alles unbeschadet zu überstehen? Eine kleine Affäre mit einer Frau, nichts Ernstes!«

Ihre Schultern gebeugt, den Blick auf den Aschenbecher gerichtet, schnippte sie kontrolliert die Asche von der Zigarette.

»Ich dachte, es würde sich alles wieder einrenken, wenn ich dich nicht mehr sehe.«

»Wieder einrenken?«

Sie schluckte.

»Ja! Ich wollte wieder eine ganz normale Beziehung führen.«

»Und hast diesmal nicht ihn, sondern dich betrogen.«

»Ich konnte nicht mehr mit ihm schlafen, seine Berührungen nicht mehr ertragen. Welcher Mann macht das auf Dauer mit? Vielleicht habe ich es auch provoziert, dass er endlich Schluss mit mir macht. Feige, nicht wahr? Ich hätte diesen Schritt nicht tun können.«

Hoffnung tat sich vor mir auf wie ein weites Feld, das nur darauf wartete, bestellt zu werden, um Früchte zu tragen.

»Ich bin mit einer Freundin weggefahren, drei Wochen nach Florida, nur um dich zu vergessen, mir über alles klar zu werden. Ich musste ständig an dich denken.«

Zaghaft berührte ich ihre Finger, doch sie zog sie fort.

»Nein, lass es bitte. Du hast in meinem Leben so viel durcheinander gebracht, und ich weiß nicht, wie ich das verkraften soll.«

»Du solltest dein Leben langsam selbst in die Hand nehmen und zu dem stehen, was du bist.«

»Niemals!«

»Wovor hast du nur solche Angst? Nichts ist so schlimm, als es zu unterdrücken. Es macht dich krank.«

Ihr Kinn vibrierte und sie kämpfte gegen den Drang der Tränen.

»Ich brauche eine Freundin, Conny!«

Die Pupillen weiteten sich und das Grün in ihren Augen wich zurück.

»Vera, du weißt, wie ich für dich fühle. Wie soll ich das schaffen?«

»Ich werde das, was zwischen uns war, nie wieder zulassen, aber ich will dich nicht verlieren. Versteh mich doch, ich möchte, dass wir wieder Freunde sind.«

Wie Pfeile durchbohrten ihre Worte meinen Schutzwall und trafen direkt in mein Herz. Nie wieder sollte ich sie berühren dürfen? Durch eine Mauer falscher Moralvorstellungen voneinander getrennt?

»Ich habe Wolfgang alles erzählt. Für mich gibt es kein Zurück. Was du da von mir verlangst, ist absurd.«

Wütend wich sie auf dem Stuhl zurück und verschränkte die Arme vor der Brust.

»Du gibst nicht nach, bevor du nicht das bekommst, was du willst. Geh raus und erzähl es allen.«

Ich senkte meine Stimme zu einem Flüstern, sonst hätte ich sie angeschrien.

»Wolfgang sollte die Wahrheit erfahren. Das, was du nicht fertig gebracht hast.«

»Was denn für eine Wahrheit, ich bin nicht lesbisch.«

»Nein, du hast nur mit einer Frau geschlafen und dabei festgestellt, dass du danach gesucht hattest.«

»So wollte ich das ja gar nicht.«

»Ach ja, habe ich dich zu irgendwas gezwungen?«

»Nein, nur dein ständiges Drängen nahm mir die Luft zum Atmen.«

»Na klar, ich habe dich zu allem gedrängt.«

Sie konnte ein Grinsen nicht verbergen.

»Das meine ich nicht.«

»So, was denn? Die Tatsache, dass ich nie wusste, woran ich mit dir bin, hat mich vielleicht dazu getrieben. Warum hast du nichts gesagt an dem Abend, als ich zu dir kam? Ich bin fast kaputt gegangen, weil du nicht mit mir reden wolltest. Da habe ich dich bedrängt, allerdings.«

»Glaub mir, ich wusste es. Aber du hättest mich sonst nicht in Ruhe gelassen. Ich brauchte diese Zeit für mich. Deine Briefe habe ich immer wieder gelesen und wenn das Telefon klingelte, traute ich mich nicht abzunehmen. Ich hoffte sehnlichst deine Stimme zu hören und verfluchte dich für dieses Chaos in mir.«

Der Barkeeper unterbrach uns und fragte mich nach meinem Getränkewunsch. Was sollte ich bestellen? Kamillentee oder Champagner?

»Ein Bier, bitte!«

Er nickte und schlich sich davon.

»Mach mich nicht für das Chaos deiner Gefühlswelt verantwortlich. Du bist genauso lesbisch wie ich und warst es auch schon vor mir. Wir haben uns nicht kennen gelernt, weil wir Freunde sein wollten, sondern weil wir uns in einander verliebt hatten. Du musst es in den sechs Monaten doch gemerkt haben. Gib doch endlich zu, dass du mehr für mich empfindest als für eine Freundin.«

Mir versagte die Stimme. All meine Wünsche und Sehnsüchte türmten sich an diesem Abend zu einer Ladung Dynamit. Die Frau, die ich wollte, saß mir gegenüber und hatte den Hebel zum Auslösen der Explosion in der Hand.

»Vera, wir haben jetzt die Chance, es zu versuchen.«

»Gib mir deine Freundschaft, Conny!«

Sie überließ mir die Wahl, die so bitter schmeckte, dass mir übel wurde. Alles wollte ich ihr geben und sie suchte nur meine Freundschaft.

»Ich kann nicht!«

Wie sehr sie gegen sich selbst kämpfte! Eine Träne löste sich, quoll aus ihren Augenwinkeln und floss über ihre Wange. Schnell wischte sie den feuchten Verräter weg.

»Ist das dein letztes Wort?«

Jede Silbe presste sie über ihre Lippen.

»Warum versuchst du es nicht?«

Verzweiflung kroch durch meine Adern.

»Lass es uns beenden.«

Der innere Kampf um ihre Fassung schien verloren.

»Sag es mir.«

»Was?«

»Du hast es mir nie gesagt.«

»Conny, hör auf, es ist vorbei.«

Der Barkeeper brachte das Bier.

»Warum bist du nur so verdammt feige?«

Ich sah sie an und fühlte mich wie das letzte Stück Dreck. Sie warf meine Gefühle einfach auf den Müll. Was sollte ich hier noch? Sie, die diese Emotionen zu Tage gefördert hatte, war sie nicht wert. Es gelang mir nicht, sie zu verstehen. Sie brach mir in jenem Moment ein zweites Mal das Herz.

»Ich werde gehen!«

Vera erhob sich von ihrem Stuhl, packte ihre Zigaretten ein und warf einen Blick auf den Barkeeper, der eiligst an unseren Tisch trat.

»Sie möchten zahlen?«

»Geh nicht, Vera!«

Der Typ sah uns irritiert an.

»Ein Bier, drei fünfzig. Für Sie das Gleiche.«

Er zückte sein Portemonnaie.

»Stimmt so.«

Vera gab ihm fünf Mark und ging, ohne sich zu vergewissern, ob ich nachkam. Schnell kramte ich in meiner Hosentasche und ließ das Geld achtlos auf den Tisch fallen.

Sie stand auf dem Fußweg und wartete. Kalter Wind fegte durch die Häuserschlucht, mein hektischer Atem beschlug für Sekunden meine Brille. Der Mantel, nur übergeworfen, gab mir keinen Schutz. Frierend zog sie die Schultern hoch, als sie sich zu mir umdrehte.

»Es war Sommer, als wir uns kennen gelernt haben.«

Jetzt liefen ihr Tränen über das Gesicht und bahnten sich ihren Weg. Behutsam nahm ich sie in den Arm und sie ließ es geschehen. Sie schluchzte alles Aufgestaute heraus.

»Ich brauche dich, Conny.«

Was sollte ich denn jetzt nur tun?

»Ich bring dich nach Hause, o.k.?«

Sie nickte. Die Kneipe war nicht weit von ihrer Wohnung entfernt und wir gingen zu Fuß schweigend nebeneinander her. Erst als wir vor ihrer Haustür standen, fragte ich sie, ob sie mir ein Taxi bestellen könnte.

»Komm kurz mit hoch.«

»Ich glaube, es ist besser, wenn ich hier unten warte.« Ich fühlte mich so ausgepowert wie ein alter Fahrradschlauch, an dem es nichts mehr zu flicken gab. Mein Leben ein einziger Scherbenhaufen. Selbstmitleid bis zum Erbrechen.

»Vera, ich versteh dich nicht.«

»Dann versuch es, bitte!«

In diesem Moment wünschte ich mir nur in ihrer Nähe zu sein. Wenn ich jetzt ginge, würde ich sie wahrscheinlich für immer verlieren. Ich dachte an die vergangenen Monate ohne sie. Zu viele unbewältigte Gefühle.

»O.k., lass es uns versuchen!«

Ich bereute die Worte schon im nächsten Moment.

Erleichtert nahm sie meine Hand, zog mich in den Fahrstuhl und führte mich in ihre Wohnung. Sie holte eine Flasche Martini aus dem Schrank und sagte nur:

»Bleib heute Nacht einfach hier.«

»Das ist nicht dein Ernst?«

»Lass uns das Wiedersehen begießen. Es ist spät und du müsstest mit der Bahn noch durch die ganze Stadt.«

Die Vorstellung, mit ihr das Bett zu teilen, erregte meine Phantasie – die allerdings prallte mit voller Wucht gegen eine geschlossene Tür. Vera sah meine Gedanken durch eine für sie gläserne Stirn.

»Vergiss es, Conny!«

Ich fühlte mich wie eine Verdurstende, der man den

Kelch mit frischem Wasser entzog. Wie lange würde ich dieses Spiel ertragen?

Frustriert griff ich nach der Flasche Martini und begann mich zu betrinken.

»Gut, dann trinke ich mit.«

Vera schenkte sich ihr Glas randvoll.

»Prost, liebste Freundin!«

»Übertreib es nicht.«

»Wieso denn?«

Der aggressive Unterton in meiner Stimme ließ sich nicht vermeiden.

»Wenn du es nicht kannst, dann sag es gleich.«

»Doch, doch, ich gewöhne mich gerade dran.«

Meine Gesichtszüge gerieten außer Kontrolle. Fang jetzt bloß nicht an zu heulen.

»Wann zeigst du mir deine neue Wohnung?«

»Komm einfach vorbei.«

»Ja, vielleicht nächste Woche.«

»Klar, oder nächstes Jahr.«

Dann kann sie mich in der Klapse besuchen.

»Conny!«

»Was erwartest du? Meinst du, meine Gefühle haben einen Schalter, den man an und aus machen kann!«

»Lass uns das Thema wechseln.«

Für den Rest des Abends musste ich mir Probleme innerhalb ihrer Familie und ihres Kolleginnenkreises anhören. Sie erzählte und ich beobachtete den Schwung ihrer Oberlippe, das Spiel ihrer Finger, die Fältchen auf ihrer Stirn. Wie könnte sie mir je gleichgültig werden? Sie tat mir nicht mehr gut und doch hing ich an ihr. Meine neue Zukunft gestaltete ich durch sie, aber nicht mit ihr. Wäre sie nicht gewesen, hätte ich nie die Kraft aufgebracht mich von Wolfgang zu trennen. Den Weg zu suchen, der mich glücklich macht.

»Ich gehe.«

»Du verlässt mich?«

»Nein, du hast mich verlassen.«

Mein Blick gab ihr die Antwort. Ich nahm meine Jacke und ging.

19

Seit über einer Stunde saß ich in diesem mir noch so fremden Zimmer, starrte an die Wand, ohne die mintgrüne Farbe an der Rauhfaser der Tapete wahrzunehmen. Die Maserung verschwamm vor meinen Augen, und der Punkt, den ich fixierte, ging über ins Nichts. In der Nacht wachte ich schreiend auf, krank vor Einsamkeit. Niemand da, der mich in den Arm nahm, sanft mein Gesicht berührte, mir sagte, dass ich nicht länger stark sein musste. Die warme Umklammerung ihres Körpers, der vertraute Geruch, den ich einatmete. Mein großes, leeres Bett war nicht länger die Zufluchtstätte meiner Träume und Phantasien. Als der Wecker um halb sechs klingelte, lag ich seit Stunden wach. Ich rief im Büro an und meldete mich krank, was nicht gelogen war. Auch die Wärmflasche auf meinem Bauch linderte die Schmerzen nicht. Wie kann man einen Menschen so sehr lieben. Trotz meines Entschlusses, alle Brücken zu ihr abzubrechen, litt ich grenzenlos. Feli hatte vor Jahren behauptet, ich wäre zu solchen Gefühlen nicht fähig. Ich konnte die Intensität ihrer Liebe zu Bea nicht erfassen, zweifelte an mir selbst, wünschte, so zu empfinden. Und nun saß ich da und suhlte mich in meinem Elend. Suchte ein Ziel, das ich nicht kannte.

Wochen vergingen. Ich bereute meine Entscheidung und schrieb ihr einen Brief, wollte alles revidieren. Saß am Telefon, hoffte auf ihren Anruf. Verfluchte sie vor dem Schlafengehen. Hörte unsere Lieder, bis ich eines Morgens aufwachte und nichts mehr war wie am Abend zuvor. Die Kraft, die mich bewegt hatte, sie zu verlassen, steckte in jeder Faser meines Körpers. Ich konnte wieder durchatmen, mich über meine Wohnung freuen, feststellen, dass es Frühling geworden war. Jetzt wollte ich endlich losrennen.

Ich rief Bea an.

»Ist heute nicht Frauendisko im Sub?«

»Hallo, hier ist Conny, wie geht es dir, liebe Bea. Das ist das Mindeste, was ich zu Beginn eines Gespräches mit dir erwarte.«

Bea klang nicht nur gereizt, sie war es. Wahrscheinlich gab es wieder Krach mit ihrer Geliebten. Auch so ein Dilemma. Mir rät sie, dass ich mich an Frauen halten soll, die eindeutig lesbisch sind, und was macht sie? Verliebt sich in ihre Arbeitskollegin! Verheiratet, zwei Kinder. Sie sehen sich zweimal die Woche, schlafen zusammen, doch ihren Ehemann würde ihre Freundin niemals verlassen. Allein schon der Kinder wegen. Wenn ich darüber nachdenke, hätte mich ein solches Schicksal auch ereilen können, in zehn Jahren.

»Tut mir leid, Bea, du hast nur noch das Ende meines Gedankens mitbekommen. Ich sitze hier und mir fällt die frisch gestrichene Decke auf den Kopf. Ich muss raus!«

»Ist mir nur recht. Sie hat gerade abgesagt. Ihr Mann liegt mit Grippe im Bett und sie spielt Krankenschwester.«

Arme Bea, ich kannte sie nur zu gut. Sie würde dieses Drama nie beenden. Sie tat alles für diese Frau. Wenn sie es nur wert wäre.

»Also gehen wir heute Abend los. Holst du mich ab?«

»O.k., bin um zehn bei dir. Bis dann!«

Sie gefiel mir gar nicht. Beatrice, die Selbstbewusste. Wie konnte sie nur einen Mann neben sich akzeptieren? Vielleicht war ich ihr Hoffnungsschimmer. Obwohl, da hätte ich auch das Beispiel Vera anzumerken. Es gibt immer zwei Möglichkeiten und Bea sagte damals in der Kneipe zu mir: »Da muss jede selbst drauf kommen. Kann zuweilen lange dauern.«

Was ziehe ich an? Was zieht frau an, wenn sie einer Frau gefallen möchte, oder mehreren?

Nicht ohne Vorurteile griff ich bewusst zu legeren Klamotten. Jeans, weiße Hemdbluse, dunkelbraune Weste, flache Schnürschuhe. Passte wunderbar zum Rest. Schulterlange blonde Haare, Armani-Brille, getuschte Wimpern, Ehering auf dem Finger. Ich trug ihn ja immer noch! Aus, vorbei, eine Drehung und ich ließ ihn in eine Schatulle fallen. Den Abdruck konnte ich nicht verbergen. Als sie klingelte, nahm ich die dunkelbraune Lederjacke von der Garderobe und öffnete die Tür.

»Hey Bea, Liebes!«

Skeptisch musterte sie mich von oben bis unten.

»Gefalle ich dir so?«

Sah ich aus wie ein lesbisches Model für die neue Frühling-Sommerkollektion?

»Hast du heute noch etwas vor?«

Grinsend betrachtete sie mich noch immer.

»Lass uns gehen, ich bin aufgeregt wie eine Debütantin vor ihrem ersten Ball.«

»Darf ich bitten?« Sie reichte mir ihren Arm.

»Merci!«

Lachend schritten wir die Treppen hinunter und traten auf die Straße.

»Wo hast du geparkt?«

Ich sah mich nach einer altersschwachen Ente um.

»Wir werden die U-Bahn nehmen. Nicht nur du möchtest heute Abend das ein oder andere Bier trinken.«

»Ich glaube, das ist der Beginn eines wundervollen Abends.«

Eingehakt rannten wir zur U-Bahnstation um die Ecke.

Am Eingang der Diskothek drückte mir eine Frau mit blauen Haaren den Stempel auf die Hand. Sie lächelte und wünschte uns einen netten Abend. Es ging noch ein paar Stufen abwärts und der dumpfe Klang der Bässe ordnete sich allmählich in den Klang anderer Instrumente ein. Jetzt wäre noch Zeit zum Umdrehen. Ich hielt die Luft an, als Bea die schwere Eisentür aufschwang. Laute Musik betäubte für eine Sekunde meine Ohren. Wie in Zeitlupe bewegte ich mich mit Bea auf die Bar zu. Ein langer schmaler Raum. Ein Tunnel, an dessen Ende die Tanzfläche sichtbar wurde. Blitze zuckten und Laser schossen weiße Punkte an die Decke. Schattenhafte Gestalten bewegten sich rhythmisch zur Musik. Frauen drehten sich nach uns um. Abgecheckt, aber dezent. Große, Schlanke, Kleine, Dicke, Kurzhaarige, Langmähnige, meine Vorurteile von damals, wie weggewischt. Sah ich sie mit anderen Augen? Ich war jetzt eine von ihnen. In jenem Moment fühlte ich mich, als würde ich endlich nach Hause kommen. Wo ich hinsah, nur Frauen. Selten hatte ich mich so zufrieden gefühlt.

»Hey, Bea, du warst ja ewig nicht mehr hier. Komm, setz dich.«

Eine kleine Dunkelhaarige fiel Bea um den Hals. Ihre hochgekrempelten Ärmel ließen kräftige Unterarme erkennen. Auch sonst wirkte sie nicht gerade zerbrechlich. Ihre Stimme klang kräftig und ich vermutete in ihr eine Sportskameradin von Bea, was sich später bestätigte. Der ganze Tisch war belagert von mindestens fünf Handballfrauen.

»Gehört die Kleine zu dir?«

Diese zu kurz geratene Sabatini rollte ungeniert mit den Augen und zwinkerte mir zu. Allerhand, was für ein Selbstbewusstsein! So hatten mich bisher nur Männer angesehen. Es gefiel mir.

»Darf ich vorstellen, das ist Conny.«

Wir setzten uns an den Tisch, und Bea wurde sofort von den Mädels vereinnahmt. Ich fand Zeit, das Geschehen um mich herum aufmerksam zu beobachten. So aufmerksam, dass mir gar nicht auffiel, dass ich auch in Augenschein genommen wurde. Bea stieß mich nach einer Weile unter dem Tisch mit ihrem Fuß an. Lässig drehte ich mich nach ihr um.

»Möchtest du tanzen, Herzchen?«

Sie nickte nur und stand auf. Wir schoben uns zur Tanzfläche vor, wobei sie mir ins Ohr flüsterte.

»Hast du sie gesehen?«

»Wen denn?«

»Die Frau mit diesen Wahnsinnsaugen. Sie sitzt links von dir am Tisch und hat noch nicht ein Wort gesagt. Aber sie sieht dich schon die ganze Zeit an.«

»Bea, du spinnst.«

Ich tat so, als würde es mich nicht weiter interessieren, doch es ließ mir keine Ruhe. Nach dem zweiten Stück wollte ich zurück zum Tisch. Etwas außer Atem ließ ich mich in meinen Stuhl fallen.

»Hast du mal eine Zigarette für mich?«

Sie war nicht älter als zwanzig. Ihr Blick war frech und provozierend. Wortlos reichte ich ihr eine.

»Möchtest du meine Wertmarke? Ich mag keinen Likör.«

»Ich hätte nichts dagegen.«

Die Kleine lächelte mich an und ich konnte nicht widerstehen zurück zu lächeln.

»Bist du oft hier?«

Eine selten blöde Frage, aber mir fiel nichts Besseres ein.

»Manchmal, wenn die anderen mitkommen.«

Über ihrer Nase bildeten sich zwei Fältchen. Kurzes dunkles Haar rahmte dieses interessante, junge Gesicht.

»Ich heiße übrigens Jana.« Sie prostete mir zu und sah mir dabei in die Augen. Augen, die mich anmachten, mir Komplimente zuwarfen. Ich wollte mir nichts anmerken lassen. Diese Coolness machte mir zu schaffen.

»Deine Freundin scheint sich heute Abend nur für Handball zu interessieren.«

»Bea ist meine Anstandsdame. Sie passt auf mich auf.« Ich wollte klarstellen, dass Bea eine Freundin, aber nicht meine Freundin ist.

»Ach und ich dachte, ihr beide seid zusammen.«

Jetzt drehte sich auch Bea zu uns um. Sie erfasste sofort die Situation.

»Wir sind alte Schulfreundinnen, nicht wahr, Honey?«

Ich nickte und tätschelte unter dem Tisch ihren Oberschenkel. Beiläufig sah ich auf die Uhr. Halb eins. Jana bemerkte dies und sagte eilig, dass sie ab morgen Urlaub habe.

»Na, du hast es gut, für mich klingelt morgen um sechs der Wecker. Fährst du weg?«

»Ja, eine Woche an die See, mit einer Freundin.«

»Mit einer Freundin?«

Ich zog die rechte Augenbraue hoch.

»Eine alte Schulfreundin!«

Verschmitzt sah sie mich an. In mir explodierte eine Leidenschaft und ich wollte nur noch mit ihr allein sein.

Die Musik wurde immer lauter und machte eine Unterhaltung fast unmöglich. Jana beugte sich zu mir vor und ich atmete den Duft ihres Parfum ein.

»Wollen wir noch anderswo in Ruhe was trinken?«

»Was?«

Ich drehte mich ruckartig zu ihr um und war nur noch einen Augenaufschlag von ihren leicht geöffneten vollen Lippen entfernt.

»Lass uns gehen!«

Ich stand vom Tisch auf und stieß gegen Beas Arm.

»Wir hauen ab.«

Mit offenem Mund starrte sie erst mich und dann Jana an.

»Ja, klar, bis dann!«

Jana nahm meine Hand und zog mich hinaus. Ich zog sie ungeniert in das Dunkel eines Hauseinganges. Lippen umschlossen ihren Mund und eine fordernde Zunge bat nicht um Einlass. Meine Beine zitterten und drohten mir wegzusacken.

»Mein Auto steht nicht weit von hier. Komm mit, bitte!«

Ich musste plötzlich lachen. Es war wie im Film, nur diesmal schrieb ich das Drehbuch.

»Wo steht dein Wagen?«

»Komm!«

Jana griff meine Hand und wir liefen zum Auto, als wären wir auf der Flucht. Auf der Fahrt zu ihrer Wohnung redeten wir kein Wort. Mir fiel auf, dass sie eine rote Ampel überfuhr. Der Gott der Parklücken zeigte sich gnädig gegenüber zwei Menschen, die keine Sekunde länger warten konnten. Wir sprangen durch das Treppenhaus, kicherten wie Teenager und küssten uns auf den ausgetretenen dreckigen Stufen. Ein Hausbewohner schimpfte und das Licht ging aus. Ich saß auf ihr, öffnete ihr Hemd. Jana umklammerte meine Hüften und berührte mit ihren Fingerspitzen meinen Po. Ich fühlte mich in diesem Augenblick verwegen und wollte an nichts mehr denken. Mit beiden Händen fuhr ich ihr durch die Haare und küsste ihren Hals. Ich glühte vor Verlangen.

»Lass uns hoch gehen, Conny!«

»Ich kann mich keinen Zentimeter mehr von dir weg bewegen.«

Jana zog mich noch dichter an sich heran und öffnete mein Hemd. Sanft massierten ihre Hände meine Brüste. Oh Gott, ich ließ mich von einer knapp Zwanzigjährigen im Hausflur verführen und genoss jede Sekunde! Vorsichtig löste sie meine Gürtelschnalle und schob den Reißverschluss herunter. Ich zitterte, als sie mit den Fingerkuppen meine Scham berührte. Plötzlich ging das Licht an. Eilig schoben wir unsere Sachen zurecht. Jana suchte verzweifelt ihre Schlüssel und öffnete mit fahrigen Händen ihre Haustür. Die kleine Unterbrechung beflügelte meine Lust. Hinter der Tür küsste ich sie leidenschaftlich, ließ mich von ihr an die Flurwand drängen. Geschmeidig aalte sie sich an mir hinab und streifte meine Hose bis zu den Knöcheln. Vor mir kniend küsste sie sich meine zittrigen Beine hinauf. Ich versank in einem Strudel der Lust und mein ganzer Körper bebte. Provozierend deutete Jana mit ihrer Zunge an, was sie mit mir vorhatte. Mit festem Griff hielt sie mich auf Distanz und machte mich fast wahnsinnig.

»Worauf wartest du. Ich will dich endlich spüren!«

Ich zuckte zusammen, als sie mit der Zungenspitze meinen Schamhügel berührte.

»Komm schon, ich halt das nicht mehr aus!«

Meine Beine knickten langsam weg und ich sackte an der Wand entlang hinunter auf den Teppich, griff nach ihr. Endlich gab sie meinem Verlangen nach. Plötzlich war sie da. Vera! Sie rannte durch die Gänge meines Gehirns, keine Tür ließ sich öffnen, um sie hinaus zu werfen. Sie schwamm in den Adern, die zu meinem Herzen führten. Ihr Geruch haftete an den feinen Härchen meiner Nase. Alles in mir blockierte. Der Sinnesrausch verflog.

»Hör auf!«

Ich flüsterte die Worte.

»Conny, was ist mit dir?«

Sie beugte sich über mich und küsste behutsam meine Lippen.

»Ich kann nicht. Du bist wunderbar zärtlich, aber ich kann nicht. Es liegt nicht an dir.«

Ich war im Begriff aufzustehen, doch Jana drückte mich sanft zurück.

»Ich will dich, Conny. Lass los und wenn es nur für diese Nacht ist. Du hast es gesucht, auch wenn du es dir nicht eingestehen willst. Du bist jetzt hier bei mir. Schließ die Augen und genieß es einfach.«

Küsse bedeckten meinen Hals, benetzten meine Brustwarzen. Aufgestützte Arme gaben nach und ich rutschte zurück auf den Boden, schloss die Augen. Ich roch die Olivenbäume. Ein Kribbeln durchlief meinen Körper und ich liebte Vera ein letztes Mal in meinen Gedanken. Janas Berührungen vereinten sich mit meinen Sehnsüchten und ich trieb von Jana fort. Lustvolle Wogen wühlten meinen Körper auf, und mein lautes Stöhnen war wie eine Befreiung. Die Rebellin sprengte die letzten Ketten. Erschöpft richtete ich mich auf, schloss Jana in die Arme und küsste gelöst ihre Lippen. Für Vera öffnete sich die Tür zum Raum der Erinnerungen. Sie nahm keinen Platz mehr in der Realität meines neuen Lebens ein. Ich war jetzt eine lesbische Frau, und alles, wozu ich mich entschloss, tat ich nicht für sie, sondern einzig und allein für mich. Ich konnte sie weder für das Geschehene verantwortlich machen, noch brauchte ich ihr zu danken.

Wir hatten einander getroffen und sie hatte mein Herz bewegt.

20

Mein Selbstvertrauen war aus einem Dornröschenschlaf erwacht. Diese Nacht, diese Frau! Ich fühlte mich frei. Ob ich mich verliebt hatte, war im Moment nicht wichtig. Vielleicht würde ich sie wiedersehen, vielleicht den Rest meines Lebens mit ihr verbringen. Alles war offen. Ich schwor mir an diesem Tag den schwierigsten Weg auf mich zu nehmen, meine kleine Welt neu zu bewegen und mein Leben neu zu schreiben.

»No matter what happens, it can't be the same anymore. To free myself, to be myself.«

Ich drehte den Lautstärkeregler meiner Anlage auf und sang aus vollem Herzen mit Barbra Streisand im Duett. Ich erholte mich von meiner Stimmgewaltigkeit und steckte mir eine Zigarette an. Heute würde ich es meiner Mutter sagen. Den Gedanken daran hatte ich seit Wochen erfolgreich in die hinterste Ecke meines Bewusstseins verdrängt. Vielleicht brauchte ich Gewissheit als Garantie für mein neues Leben. Zu viele Jahre hatte ich auf Sicherheit gebaut, jetzt war der Zeitpunkt gekommen, einfach zu springen. Schon fast verhungert hatte ich endlich verstanden, was ich am meisten begehrte. Nie hatte ich mit meiner Mutter über meine verborgensten Gefühle reden können, obwohl sie immer wieder an die Oberfläche drängten. Solange, bis sie stark genug waren, sich zu offenbaren. Gut möglich, dass meine Mutter es seit Jahren ahnte und es nicht wahr haben wollte. Sie ist eine tolerante

Frau und hatte nie ein Problem mit Bea. Aber wenn es um die eigene Tochter geht, sah wohl alles ganz anders aus.

Zwei Jutebeutel voll mit Lebensmitteln klemmten unter ihren Armen, als sie die Treppe zu meiner Wohnung empor stieg. Sie steckte mir selten Geld zu, lieber kaufte sie mir Dinge, die sie für wichtig hielt. Dazu gehörten frisches Obst, Gemüse und ein paar neue Geschirrhandtücher. Ein typisches Mama-Syndrom.

»Dass du mal zu Hause bist!«

Sie drückte mir einen Kuss auf die Wange und schob sich an mir vorbei in die Küche, stellte die Jutebeutel ab und musterte meinen unerledigten Abwasch.

»Hallo, Mama, möchtest du einen Kaffee?«

Sie krempelte sich die Ärmel hoch.

»Wir sollten vielleicht erst die Fenster putzen, jetzt wo alles neu gestrichen ist.«

»Du setzt dich hin und trinkst jetzt mit mir einen Kaffee, sonst nichts!«

»Ich habe vor kurzem schöne Gardinen gesehen, gar nicht teuer. Die würden hier gut reinpassen.«

Während sie in ihrer Tasche nach Zigaretten suchte, schaltete ich die Kaffeemaschine an.

»Mama, ich muss mit dir reden.«

Ich stand mit dem Rücken zu ihr.

»Was ist? Hast du wieder Miese auf dem Konto? Ich habe dir immer gesagt, du musst dir was zurücklegen.«

Wenn es das nur wäre! Der Kloß in meinem Hals wuchs und wenn ich noch lange wartete, würde ich keinen Ton mehr heraus bekommen. Winzige Schweißperlen standen auf meiner Stirn. Die Hände feucht und kalt.

»Rauch erst mal eine.«

Ihr Zigarettenkonsum hielt sich in Grenzen, aber das könnte sich nun schlagartig ändern.

»Mach's nicht so spannend. Früher hattest du bei dieser Tonlage immer etwas ausgefressen.«

Ich setzte mich zu ihr an den Tisch, schenkte den Kaffee ein.

»Du zitterst ja, hast du noch nichts gegessen?«

»Doch!«

»Na, ich lade dich nachher zum Chinesen ein, da waren wir lange nicht.«

Unsicher streichelte sie meine Hand.

»Mama, ich habe Wolfgang verlassen, weil ich nicht mehr mit ihm zusammenleben kann.«

»Papa und ich finden das sehr schade, aber wenn er nicht der Richtige ist, weißt du das am besten.«

»Er wäre es gewesen.«

Der Anfang war gemacht.

»Wie soll ich das denn verstehen?« Irritiert sah sie mich an. Ihre Aufmerksamkeit gehörte mir.

»Wolfgang ist der liebevollste Mann, den ich kenne, aber ich habe ihn nie genug geliebt. Ich wusste gar nicht, wie es ist, für einen Menschen so eine Leidenschaft zu empfinden, dass es dich vor Sehnsucht zerreißt, wenn du ihn nicht siehst.«

»Was redest du denn da? Das lässt im Laufe der Jahre nach.«

Sie rührte die Milch in ihrem Kaffee um und sah mich nicht an.

»Mama, dieses Gefühl hat nie in einer solchen Intensität existiert. Verstehst du nicht?«

In ihren Augen erblickte ich jene Ahnung.

»Was kann ich nicht verstehen? Du bist zu oft mit Bea zusammen, das glaube ich. Hat sie dir einen Floh ins Ohr gesetzt?«

Sie wurde unsicher, fuhr sich mit der Hand durch die Haare und wünschte sich wahrscheinlich insgeheim, dass sich nicht bestätigte, was sie längst an Erklärungen kommen sah. Ihre komplizierte Gefühlswelt geriet ins Wanken.

»Mama, das ist nicht ansteckend.«

»Na, ich kenn dich doch, du lässt dich schnell für irgendwas begeistern.«

Wenn sie nervös wurde, schob sie immer ein Glas oder eine Tasse auf dem Tisch hin und her. Diesmal war es das Feuerzeug. Sie machte es mir nicht leicht.

»Hast du was mit Bea?«

Bei der Frage bebte ihre Stimme.

»Nein!«

»Na Gott sei Dank!«

Erleichterung glänzte in ihren dunklen Augen. Jetzt musste ich all meinen Mut zusammennehmen. Ich holte tief Luft, schloss die Augen für eine Sekunde. »Ich bin lesbisch.«

Sie starrte mich an. Wut und Verzweiflung paarten sich mit Hilflosigkeit. So hatte ich sie noch nie gesehen. Tränen schossen ihr in die Augen, ein Schluchzen erschütterte ihren Körper. Was hatte ich ihr angetan? Sie griff nach meinem Arm, umklammerte ihn.

»Bist du ganz sicher?« Sie wartete nicht auf eine Antwort. »Ich habe es geahnt. Erklären kann ich es nicht, aber wenn ich euch zusammen gesehen habe, fehlte mir immer etwas. Die Art, wie ihr mit einander umgegangen seid, fast wie Bruder und Schwester. Und dich habe ich seit Monaten nicht mehr lachen sehen. Du hast mir überhaupt nicht mehr gefallen. Ich hätte dich darauf ansprechen sollen.«

Sie schüttelte den Kopf.

»Was habe ich bloß falsch gemacht?«

»Mama, keine Selbstvorwürfe. Ich hätte es dir nicht früher sagen können, war ich mir doch selbst bislang nicht sicher.«

»Bist du es denn jetzt, Conny?«

»Ja! So konnte ich nicht weitermachen. Jahrzehntelang habe ich mich selbst bekämpft. Seit ich denken kann, habe ich es gefühlt. Versteckt, weggeredet, verflucht. Leben wollte ich wie all die anderen. Heiraten, Kinder bekommen, dazu gehören. Es funktionierte nicht und ich flüchtete mich in Krankheiten.«

Sie nickte.

»Deine Magengeschwüre mit fünfzehn. Deine ewigen Pilzinfektionen, deine Blasenentzündungen.«

»In den letzten Monaten vor meiner Trennung von Wolfgang stellte meine Frauenärztin schlechte Werte beim Abstrich fest. Ich hatte eine Scheißangst, Gebärmutterkrebs zu bekommen.«

Mir liefen Tränen über das Gesicht, ich konnte sie nicht länger zurückhalten. Ein gewaltiger Sturm brach in mir los und doch spürte ich eine enorme Erleichterung, es ihr endlich gesagt zu haben.

»Das hast du mir nicht erzählt. Früher konnten wir über alles reden. Mit zwölf Jahren hast du mich gefragt, was das Wort lesbisch bedeutet. Konnte ich denn ahnen, dass es dich zu dem Zeitpunkt schon beschäftigte?«

Ich musste lächeln.

»Ach Kind, du wolltest immer nur Hosen tragen. Aber eigentlich nur eine.«

»Die rote Lederhose!« Wir sagten es im Duett.

»Ich weiß noch, als du heulend nach Hause gekommen bist, weil deine Englischlehrerin … wie hieß sie noch?«

»Frau Walter.«

»Ja, genau, weil sie die Schule wechselte. Du hast so gelitten, tagelang nichts gegessen. Oder diese eigenartige Freundschaft zu Felizitas, ich mochte sie ja nie. Das hat dir auch furchtbar zugesetzt, als sie wegging, um in Italien zu studieren.«

Und ich dachte, niemand hätte es bemerkt.

»Dass du dich daran noch erinnern kannst! Ich hätte besser in mich hineinhorchen sollen.«

»Ich habe es geahnt, aber was sollte ich denn machen?« Sie schneuzte in ihr Taschentuch.

»Gar nichts, ich musste mich selbst erkennen und dazu stehen.«

Als ich das sagte, ließ ich all die Jahre Revue passieren. So viele Zeichen nicht gedeutet. Eingegliedert in eine Gesellschaft, die meine Sehnsüchte nicht zuließ, die von mir ein Leben forderte, dessen ich nicht fähig war. Mein Körper hatte sich aufgelehnt durch Entzündungen und, was ich nie verkraftet habe, mein Kind abgestoßen. Ich hatte es mir gewünscht, doch dann wäre ich diesen Schritt vielleicht nie gegangen. Hätte ein Doppelleben geführt oder mich erst mit fünfzig geoutet, wenn meine Tochter alt genug gewesen wäre, es zu verstehen. Der Druck von außen hätte mich resignieren lassen. Alles hat einen Grund und diesen Grund konnte ich nun akzeptieren.

»Ich weiß nicht, wie ich das Papa beibringen soll.«

Sie stützte ihren Kopf in die Hände. Und sie tat mir leid. Wie sehr wünschte sie sich Enkelkinder, wie sehr hatte sie sich gefreut, als ich ihr, es selbst noch kaum glaubend, von meiner Schwangerschaft erzählte. Belastete ich sie mit etwas, das sie nicht kannte? Wofür sie nie Verständnis aufbringen könnte? Meinem Vater diese Nachricht zu überbringen trieb sie an die Grenzen des Möglichen. Immer hatte sie Probleme unserer

Familie von ihm ferngehalten. Wie sollte er verstehen, dass seine Tochter, auf die er so stolz war, einen Mann an ihrer Seite nicht mehr zuließ. Er hatte Wolfgang als Schwiegersohn ins Herz geschlossen. Liebte die Gespräche mit ihm über Wirtschaft und Politik. Schlug ihm väterlich auf die Schulter und sparte nicht mit Ratschlägen, wie man seine Tochter zähmen konnte. Seinem kleinen launischen Mädchen musste man halt jeden Wunsch von den Augen ablesen. Nichts wollte er mehr, als mich glücklich zu sehen. Und jetzt lag mein Glück darin, mit Frauen zusammenzuleben. Könnte er je mit meiner Mutter darüber reden? Würde es ihre Ehe belasten? Würden sie sich Vorwürfe machen? Diese Fragen quälten mich, aber ich wollte und konnte keinen Tag länger Rücksicht darauf nehmen. Sie mussten es akzeptieren. Keine Lügen mehr.

Als meine Mutter gegangen war, weinte ich ein letztes Mal voller Erleichterung. Ich rannte ins Badezimmer und mein Spiegelbild lachte mich an.

»Ich bin stolz auf dich!«

Meine Augen glänzten und mein sonst so ernstes Gesicht begann sich zu entspannen.

Für den Abend hatte mich Bea zu sich eingeladen. Sie wollte mich bekochen und den Beginn meines neuen Lebens mit mir feiern. Eiligst kam sie mir schon auf der Treppe entgegen.

»Komm in die Küche, schnell.«

Es roch köstlich, als sie die Filets mit Wein übergoss.

»Sie hat sich von ihrem Mann getrennt.«

Bea schnitt Petersilie ohne aufzusehen und grinste über beide Ohren.

»Manchen ist die Kraft gegeben.« Ich schnupperte

an ihrer grandiosen Grünkernsuppe. »Ich habe Hunger, und was für einen.«

»Hast du mal wieder etwas von Wolfgang gehört?«

»Gestern hat er mich angerufen und mir viel Glück bei dem Gespräch gewünscht. Wir werden uns morgen treffen.«

»Glaubst du, dass ihr Freunde werden könnt?«

»Das sind wir schon seit sieben Jahren.«

»Und was ist mit ihr? Denkst du noch an sie?«

»Manchmal.« Ich kostete den Wein, schloss die Augen für einen Moment und ließ ihn über meine Zunge tanzen.

Mit einer weißen Schürze servierte Bea das Essen.

»Voilà, der erste Gang.« Schwungvoll füllte sie die Teller.

»Welch feminine Züge! Seit wann kannst du so gut kochen?«

»Das und anderes habe ich von meiner Großmutter geerbt. Nur habe ich diese Kunst erst bei Kerstin neu entdeckt. Nächste Woche stelle ich sie dir vor.«

»Ich bin gespannt.«

»Lass uns anstoßen! Du brauchtest heute allen Mut! Es deiner Mutter zu sagen war eindeutig das Schlimmste. Alles weitere erträgst du erhobenen Hauptes.«

Sie hatte recht.

Ein Gewitter zieht heran. Dunkelschwarze Wolken schieben sich vor die Sonne, die eben noch die Steine erwärmte. Wind kommt auf, und in der Ferne zucken bizarre Blitze. Kein Mensch auf dem Friedhof, Ruhe den Toten. Still sitze ich vor deinem Grab und beobachte die kleine Naturgewalt. Die Kränze sind vertrocknet, und ich reiße einer Rose den Kopf ab. Schwarzrote Blütenblätter liegen in meiner Hand und duften nicht mehr. Ein letzter Gruß im stillen Gedenken. Ich muss mit dir reden, dir sagen, dass ich Frauen liebe. Du wusstest es längst, nicht wahr? Die Familie wollte es von dir fern halten, es dir in deinem Alter nicht mehr zumuten. Deine Enkelin trennt sich von ihrem Mann, weil sie endlich in die Tiefen ihres Herzens hinabgestiegen ist, um freizulegen, was ihrem Leben all die Jahre gefehlt hat! Vor zwei Wochen noch sagtest du zu mir, wie sehr du mir Glück wünschst, auf diesem schweren Weg, der vor mir liegt. Ich fragte nicht, was du meinst, ich wusste. Ich habe Freunde verloren und ich weiß nicht, ob meine Eltern es eines Tages verstehen werden.

Sie hat mich verlassen, und ich brauche deinen Rat. Tropfen fallen vom Himmel und vermischen sich mit Tränen in meinem Gesicht. An dem Tag, an dem du gestorben bist, ist auch sie gegangen. Wir haben die schwarzdunklen Wolken nicht gesehen, wie sie sich schleichend über unser Leben legten. Die Spannung wuchs, doch es sprühten keine Blitze in Worten und Gedanken. Zusammengesunken hocke ich auf der noch warmen Erde. Für dich war der Tod eine Erlösung, das weiß ich, aber du fehlst mir. Die Erinnerungen der vergangenen Wochen liegen in dichtem Nebel und ich habe nicht getan, was ich tun wollte. Ich saß an deinem Krankenbett und hielt deine Hand. Für einen Augenblick hast du mich wahrgenommen und gelächelt. Du wusstest, es würde das letzte Mal sein. Ich wollte es dir noch sagen. Du hast nicht gefragt, warum ich mit ihr zusammengezogen bin. Aber ich brauchte es dir nicht zu sagen. Ruhig und ohne Schmerzen bist du eingeschlafen. Ein langes Leben hinterließ kaum mehr Spuren in deinem Gesicht. Plötzlich sah ich eine junge Frau in diesem Antlitz.

Die goldenen Zwanziger, die Kriegswirren, das Wirtschaftswunder, das Computerzeitalter und dazwischen dein Leben. Oft besuchte ich dich in der kleinen Wohnung. Wir beide saßen auf dem alten Kanapee in der warmen Stube. Im Schein der Stehlampe erzähltest du mir aus deinem Leben. Und wir beide stellten fest, dass wir die gleichen alten Filme liebten, die gleichen Schauspielerinnen verehrten.

Der Regen wird stärker, doch er hält mich nicht davon ab bei dir zu sein. Für mich ist eine Zeit der Besinnung gekommen. Ich bin wieder allein und kenne meine Zukunft nicht. Manchmal habe ich Angst, es nicht zu schaffen, doch dann lerne ich Menschen kennen, die mir allen Mut zurückgeben. Ich möchte die Zeit zurückdrehen, um mit dir bei einer Tasse Kaffee im Garten zu sitzen und dir erzählen können, dass ich die Frau meines Lebens gefunden habe und wir für unsere Liebe kämpfen werden. Eines Tages stelle ich sie dir vor.

Meine Haare sind nass und meine Sachen klamm. Ich friere. Heute ist dein Geburtstag. Ich lege Blumen auf dein Grab.

VENEDA MÜHLENBRINK, geboren 1963 in Hannover, aufgewachsen in einem kleinen Dorf bei Neustadt am Rübenberge, Sozialversicherungs-Fachangestellte, kam über die Teilnahme an Workshops zum Schreiben und verfasste Kurzprosa. Nach ihrer Scheidung begann sie die Arbeit an »Connys Reise«, ihrem ersten Roman.